奔腾的老龙河

中共泰兴市党史学习教育领导小组办公室
泰兴市融媒体中心 编

经济日报出版社
北京

图书在版编目（CIP）数据

奔腾的老龙河／中共泰兴市党史学习教育领导小组
办公室，泰兴市融媒体中心编. -- 北京：经济日报出版
社，2024.5
　　ISBN 978-7-5196-1395-2

　Ⅰ.①奔… Ⅱ.①中… ②泰… Ⅲ.①纪实文学-作
品集-中国-当代 Ⅳ.①I25

中国国家版本馆 CIP 数据核字（2023）第 257038 号

奔腾的老龙河
BENTENG DE LAOLONGHE

中共泰兴市党史学习教育领导小组办公室
泰兴市融媒体中心　编

出　　版：经济日报出版社
地　　址：北京市西城区白纸坊东街 2 号院 6 号楼 710（邮编 100054）
经　　销：全国新华书店
印　　刷：四川科德彩色数码科技有限公司
开　　本：710mm×1000mm　1/16
印　　张：9.5
字　　数：144 千字
版　　次：2024 年 5 月第 1 版
印　　次：2024 年 5 月第 1 次印刷
定　　价：58.00 元

前　言

刘鹏春

记得那年，东风化雨，蓓蕾初绽。

市花第一枝，动人春消息。撤县建市的泰兴，血脉中改革开放的涛声更加澎湃，家园的幸福图景平添五彩缤纷。这些年来，泰兴的变化翻天覆地：从一个不起眼的小城，发展成"充满发展朝气的活力之城"，位列全国县域经济第 20 位。泰兴人民在苏中大地书写了 GDP 超千亿元、领跑苏中的时代答卷。试问当年探出窗外的初花，可曾想起多年后的今天，这一片"姹紫嫣红开遍"的烂漫，这一城花样年华如梦的浪漫。

初花犹在，美丽成史书的书签；时花正艳，芳菲成晨读的诗篇。在这本书中，宏大叙事让你目不暇接，微言细节叫人心生感动。泰兴经济建设蒸蒸日上，城市面貌日新月异，乡村发展生机勃勃，在泰兴佳话中，就是一幅经济发展和心灵成长的双面绣。而在微观叙事中，家庭生活的阴晴圆缺，个人遭遇的酸甜苦辣，泰兴故事里总能听到奔跑者的呼吸、接力者的心跳。

古银杏的记忆，沧桑的是竖排着的繁体的史诗，新鲜的是横排着的电脑体的华章。生态优先，浸润着泰兴人新的生活，活色生香；绿色发展，重塑着城市发展新的格局，家园如歌。今天的泰兴将务实创新写进城市精神，以国家创新型县市和青年友好型城市建设为抓手，集聚各类创新要素和高端人才，培育各种创新中心和研发平台。云鹤结队纷来，新异大放光彩。运用看得见的"统筹之手"，神奇地打造"人才洼地"和"创新沃土"。筑巢引凤，招商引资，幸福绘本蝶变为浮雕，发展蓝图凸显为彩塑。年轮的跑道上，奔跑着家园的青春、城市的芳华、时代的传奇。

峥嵘岁月稠，弹指一挥间。锦帆已融进白云悠悠，画樯边走边想仰天思考：明天的航行日记，该写下怎样的诗行，记录下怎样的壮阔和豪迈？向上，逐梦蓝天；向前，成就未来。瞄准广阔的产城发展空间，以更加开放包容的雄心，奋力书写好"标杆城市"的时代答卷；以坚定不移的步伐，踏上全面转型的现代化建设的必由之路。新时代，风景独好用心读；新征程，风物长宜放眼量。花炽如火，花盛似锦，在前方等待奋斗者的凯旋。今朝，我们再启航！

目录
CONTENTS

奔跑的祥云

我，一朵叫作泰兴的祥云，
开始了"苏中争第一"的拼命领跑！
华彩春秋，追梦时代，
云数据中，我见证成长和骄傲。
一朵数字的云就是悠扬的音符，
一片数字的云就是飞舞的捷报。
在高铁和大桥交会的长三角的地理中心，
我听到党的二十大吹响的集结号。
我领跑，我领跑，银杏之乡，
在现代化的时空里高质量地不懈领跑。

我从前的轨迹里，
嘹亮的回声还在萦绕。
敢想敢闯，创新创优，
实干实效！
当年出发时，我是大地的汗水滚滚，
在工地上流淌，在田野上泼浇。
大干的风中，蒸发，升腾，
化为热气，不断攀高！
挟风追日，在风中奔跑，
跟着前头旗帜的领跑。

后来，从跟跑开始了领跑，

数据云中崭露头角。

被人记住了我的名字，

泰兴力量，泰兴智慧，泰兴制造。

弹指一挥间，

而今，在银杏人家的幸福梦境里，

我像棉花糖，

柔软的是被的温暖，

甜蜜的是糖的味道。

我有了诗的内涵，

游子的思念，增添了更多自豪。

今天，我融进了更多魔幻，

融进了长江经济带的天风江涛。

一大批时代骄子、四海贤才，

飞龙乘云而来，不负这海阔天高。

我的梦想，你的梦想，

我们的梦想，

在新的起点上奋力奔跑！

谁都像上紧了发条，

谁都在将升级版的思考提早，

将升级版的开放提早。

全域创新，全面转型，

与强者融，霓虹为桥，

向高处飞，云山作路标！

我的身价，我的综合实力，

和一个区域的经济总量同时升高。

与时代对话，与青年友好，
风云际会，云路迢迢且作跑道。
放眼眺望啊，
未来，更是有特别亮特别亮的阳光普照。
新时代铺下锦绣前程，
吉祥的云，
让梦中山水春也妖娆，秋也妖娆！

我，一朵叫作泰兴的祥云，
听到了党的二十大吹响的冲锋号。
全市当标杆，我不息奔跑，
苏中争第一，我拼命领跑！

（孙　奕　刘鹏春）

培根铸魂　守正创新

——中共泰兴市委党校回顾与展望

坚持党校姓党，是办好党校、保证党校事业始终沿着正确方向前进的根本保障。中共泰兴市委党校自挂牌以来，艰苦创业，薪火相传，与时俱进，开拓创新，勤劳耕耘，花果芬芳。

泰兴市委党校立足服务全市高质量发展大局，坚持党校姓党、质量立校、从严治校，切实发挥干部培训、思想引领、理论建设、决策咨询作用，先后获得江苏省、泰州市文明单位，泰州县级党校综合考核"优秀等次"，泰兴先进基层党组织等荣誉称号。2016 年在全省党校工作会议上，泰兴市委作《办党校、管党校、建党校》专题发言，相关经验做法刊登在中央党校内刊上。

大道之行　立意高远

——世外桃源踱方步

当清晨的第一缕晨曦洒向校园，忙碌的身影、灿烂的笑脸，迎着朝阳、伴着晨辉，开启党校美好的一天。

党校因党而立、为党而办，泰兴市委始终将办好、管好、建好党校作为"分内事、责任田"，在这里，亲切关怀温暖人心，殷殷嘱托催人奋进，重视党校、崇尚学习的鲜明导向奔涌流淌。近年来，市委累计投入 6000 万元，建成占地 27 亩，融培训、会议、办公、食宿四大功能为一体的党校一期工程，教学综合楼建筑面积 10531 平方米。2021 年，市委新增用地 20 亩，投资近9000 万元，围绕红色资源开发利用，启动党校二期工程后勤服务中心建设，完善党校功能布局。市财政每年增拨 52 万元，为党校开展教科研工作提供保障，并安排 200 余万元专项资金用于维修改造党校硬件设施。

这里，绿树鲜花清风含情，书香长廊润物无声。你可以漫步于幽静宜人的林荫道，于晴朗的晨风中含英咀华；徜徉于翰墨飘香的教学大楼，沉浸在藏书丰富的图书室，拥抱阳光、采撷芬芳。这里，处处生机盎然，时时弥漫书香，"培根铸魂、守正创新"的使命担当，以特有的感召力在这里澎湃激荡。10 年来，泰兴市委党校共接待各类会务、培训 1300 余场次，服务 150000 人次，用实力为新时代的弄潮儿插上腾飞的翅膀。

这里，从严治校、质量立校，不断优化学风、校风、作风。讲座讲坛报备、重大舆情风险评估、新课集中试讲，让这里讲规矩、无杂音。园丁忘我工作的正气，学员顽强拼搏的风尚，在这座神圣的殿堂里蔚然成风。10 年来，多批次党员干部走进省内外红色革命教育基地，340 余期主体班次、61000 余培训人次，210 余期对外办班、25700 余培训人次，书写下不忘初心的流金岁月，记录下勤勉治学的校园故事。

大爱襟怀　立教兴校
——教育培训塑灵魂

打造学习充电的驿站，筑牢舞动梦想的摇篮，磨砺服务发展的劲旅，市委党校致力于立教兴校、铸钢淬火、砥砺成锋！

文化是无形的场，是学校的魂，是推动师生积极进取、开拓创新的强大精神力量。中共泰兴市委党校依托本土丰富的红色资源，深入挖掘学习教育的"精神富矿"和"力量源泉"，依托国家、省级的爱国主义教育基地，陆续开发专题课 5 门、微党课 5 门、现场教学课 5 门。"幸福是奋斗出来的""人民的力量""高地雄魂杨根思""潜伏人生写忠诚""血誓碑的故事""歌儿为什么这么红——《黄桥烧饼歌》诞生记"等课程，文墨飘香，温沁心脾，凝聚起团结奋进的力量。其中，微党课"人民的力量"获得党员教育微视频大赛二等奖，"歌儿为什么这么红——《黄桥烧饼歌》诞生记"等现场教学得到省委和省委党校有关领导的充分肯定。

理论创新每前进一步，理论武装就跟进一步，党校将阵地前移、讲台延伸，把革命旧址转化为新课堂，把实物史料转化为新教材，把资源优势转化为教学优势，开发"八步递进学党史、学思用贯通知信行统一"创新现场教学项目；联合市委宣传部成立"理上心来"理论宣讲志愿服务队，开展"五进百场""抗疫之声""百年党史大讲堂""强国一代学起来""五微五进""打鼓说唱新思想"等基层理论宣讲活动 1100 余场次，受众 10 万余人次，相关经验做法得到《人民日报》《新华日报》《现代快报》《扬子晚报》以及"学习强国""交汇点"等主流媒体报道。

2021 年，线上+线下齐发力，录制的 5 个"云现场"教学视频在"学习强国"平台推广，阅读量达百万。"人民的力量"获得省委组织部微党课大赛二等奖，"数读党的十九届六中全会精神"荣获省委组织部、省委宣传部 2021 年度"我是冬训主讲人"优秀视频表彰。知识的甘露、智慧的力量，在绚丽多彩的教学活动中大放异彩，照亮了学员们前行的方向，相关经验做法被国家主流媒体分享。

如今的校园，满目芬芳；风清景润，芝兰绕阶；莘莘学子，修身励志。泰兴市委党校始终坚持"以学员为中心，以需求为导向，以服务为核心"，全程考查、积分考核，狠抓学员学习、组织、生活管理，深沉的意志、恢宏的理想、炽热的感情在这里不息奔腾，昂扬奋发的学员踩着青春的节拍，带着党校赋予的知识涵养、精神特质走向更广阔的天空，丰羽振翅，搏击长空。

大音希声　桃李霓裳
——人才培养"压担子"

春风化雨润心田，勤为桑梓万象新。在师资力量的培养画卷上，市委党校用创新和实干写满了朝气蓬勃、欣欣向荣。

人才是强校的第一资源。高位谋划"涵源"，精准育苗"壮茎"，培厚沃土"繁叶"，让人才一茬接一茬苗壮成长。先后招录 28 名研究生，其中 16 名"双一流"高校人才，让无限向前的动能更加强劲；制定出台《党校员工行为规范》，正心明道、怀德自重，"一心为公、一身正气、一尘不染"的价值取向潜移默化为学员的人生追求；"干好工作十条"，助力青年教师健康成长；健全教科研激励机制，改革教员考评机制，激发干事创业内生动力，摘取教学竞赛多项省市荣誉；只论能力不论资历，通过各类"铺路子""压担子"，让青年教师多经历"风吹雨打"、多捧"烫手山芋"、多当几回"热锅上的蚂蚁"，推动党校教员扑下身子、放下架子在基层摔打成长。

放眼校园，笔砚相亲、晨昏相伴的真诚友谊，促膝研讨、指点江山的豪迈激情，向阳而生、青春放歌的朝气，在这里交相辉映、相得益彰，一支忠诚于党的干部教育事业，具有良好的职业道德修养、较高的理论政策水平、扎实的专业知识基础的青年教师队伍豪情满怀、意气风发，活跃于三尺讲台，幸福于教育人生。

大成弘毅　俊采华章
——决策咨询找定位

在服务中发展，在开拓中前行，市委党校初心不变、热情不减，在围绕中心、服务大局中找准定位、奋发有为。

市委点题，围绕中心书写答卷，推动教学培训、调查研究与决策咨询相互促进、协同发展。10 年来，56 项省市调科研课题，24 项市委、市政府主要领导点题，132 篇论文，32 期《学习参考》，为泰兴高质量发展注入不竭动力，一批调科研成果荣获省市奖项。

理论破题，突出重点深化研究。围绕党的历次全国代表大会精神和全会精神，结合调科研课题和泰兴市发展实际，组织开展理论研究、学术研讨，真正用学术支撑课题研究，确保理论研究从问题中来，到实践中去，以拳拳之心助力经济社会发展。

集体解题，团结协作攻坚克难。结合师资专长，构筑"智库"，开展头脑风暴、思维碰撞，形成一批更接地气、更得民心的咨询决策成果。《常泰大桥对泰兴经济的影响与对策研究》《关于打造我市青年友好型城市的思考——泰兴加快集聚青年人才的路径研究》《精准识"特"　科学解"难"——关于园区产业特色化发展的几点思考》影响深远。

　　春风育桃李，润物写春秋。如今的中共泰兴市委党校校园里，每一朵鲜花都绽开着希望，每一片绿叶都摇曳出生机。

　　新时代赋予新使命，新征程呼唤新作为。中共泰兴市委党校将以党的二十大精神为指引，高扬高质量发展的新航帆，踔厉奋发、勇毅前行、团结奋斗，把"争先、领先、率先、优先"行动书写在广袤的泰兴大地上，如红日东升，如大潮奔涌，如长风浩荡，将向上向前的力量蕴藏在每一寸生机勃勃的土地上，向着未来无限伸展，努力创造无愧于时代的新业绩！

（中共泰兴市委党校）

过去　现在　未来

无论怎样，时间都是一把标尺，它无时无刻不在记录和衡量着这个世界。所以，我们总在沿着时间的轴线，不停歇地向前奔跑。时间又给我们提供参考，衡量我们活着的价值，还原生活本真和意义，它会帮助我们清晰地回顾我们的过去，审视我们的现在，思考我们的未来。

同样，时间对于泰兴工业企业来说，无论是从起步创业到发展壮大，还是从艰难跋涉到走向辉煌，都是很好的见证。

最初的跋涉

泰隆集团地处扬子江畔的泰兴市区，是泰兴人引以为豪的国家大型企业。它的前身是南殷纺织仪器厂，1982 年，由于经营管理不善，资不抵债濒临破产。危难之际，组织上决定让殷根章担起厂长的重担。当时的他还是南殷纺织仪器厂一名跑供销的普通员工，负责厂内原辅材料的供应。血气方刚的殷根章没有犹豫，看着厂里懂技术、有经验的职工纷纷离去，他心里只有一个念头，一定要保住留下来的人的饭碗，绝不能让厂子垮掉。

命运终会垂青努力奔跑的人。经过 3 个多月的辗转筹措，殷根章拿到了 1 万多元的减速机订货合同。这些合同不仅让当时面临绝境的厂子重新燃起了希望之火，也让殷根章看到了减速机市场的广阔前景。从此，在他心中便有了一个坚定的信念：投身减速机行业，做出最好的产品。

为了更快适应市场，建立自己的行业品牌，殷根章坚决地投入资金，聘用人才，不断进行技术改造和设备更新。1982 年齿轮减速机研制成功，标志着泰隆有了定型产品，次年企业产值达到 20 万元；1986 年摆线针轮减速机研制成功，次年销售产值 1000 多万元；1992 年二次包络减速机研制成功，由于首钢、宝钢、鞍钢等企业选用，泰隆成为该产品的"全国单打冠军"，年增加销售额 2800 万元，泰隆在开发高科技含量减速机上迈出了坚实的一步。

到了 1993 年，泰隆已经拥有十大系列、数千个规格品种的减速机，并且资产迅速积累至 1.1 亿元。也正是从这一年开始，泰隆坚持每年投入技改资金至少 1800 万元。几年间，他们先后从德国、日本、俄罗斯等国家购进高精度磨齿机、滚齿机、镗床、立卧式加工中心等精密设备，并添置了具有国内先进水平的渗碳、渗氮热处理设备和大功率减速机综合性能检测设备。

赢胜集团的起步也有着相似的经历，从一个濒临倒闭的小厂成长为同行业的领跑者，经历了风风雨雨，经受住了巨大挑战。

秦天庆是江苏赢胜集团董事长。1985 年，刚满 26 周岁的他与 21 名工人一起，从原泰兴船舶机械厂抽调到刚组建的泰兴动力机械厂，成为一名年轻的厂长。当时的创业环境十分简陋，生产车间狭小，宿舍和办公室又旧又破，工厂四周没有围墙，全是泥路，遇到下雨天工人根本无法行走。然而，更苦恼的是，刚刚组建的新厂陷入了无产品可生产的窘状。为了将新厂办下去，他带领大家从组装日光灯开始一步步艰难创业，逐步从脱贫解困进入稳定发展时期，形成了船用空调和特种空调等多个经营模块的雏形。

那些创业初期艰难的过往，泰兴很多企业都曾经经历过。金江化学、惠尔信机械、菇本堂生物科技等，无不经历过行业和发展的阵痛。

时间的回馈

时间总会让努力的人得到更多的希望和回报。同心同德，务实求精，也成为泰兴企业发展壮大的精髓。

经过多年的踏实奋斗，泰隆集团现拥有总资产 30 多亿元，占地面积 60 多万平方米，为全国减速机标准化技术委员会秘书处单位、中国减变速机协会理事长单位。泰隆瞄准制造业未来发展方向，投资约 30 亿元，耗时近 3 年建成泰隆传动机械科技产业园，已成为"中国减速机之乡"——江苏省泰兴市的一张亮丽名片，被认定为江苏省工业互联网标杆工厂。泰隆科技产业园聚焦主业高端产品，垂直发展钢帘线机械、风机、电机产品，以定制化服务为特色，以"智能化改造、数字化转型"点燃发展引擎，助推企业早日实现行业领跑者之愿景。历经40年，泰隆集团从微小传统生产性企业华丽蜕变为规模服务型"智造"企业。

而赢胜集团因为拥有过去20年在军工产品领域打下的基础，旗下兆胜空调公司在稳定发展的同时，依靠技术创新不断升级；橡塑保温材料公司异军突起，成长为行业发展新军；宏基环电公司后发赶超，迅速成长壮大。特别是宏基环电公司，把企业目标定位于军用产品的发展，主要从事飞机用空调、航空电器、航空航天用氟塑料绝缘高温电线电缆、舰船用电线电缆、线束等产品的设计、开发、生产和服务，产品销往航空、航天、电子、电工、交通、兵器、船舶、石化、冶炼、采矿等多个领域，公司年产值达到2亿元。

金江化学以"做大做强，打造世界级醋酸酯制造商"为目标，经过10年发展，公司醋酸酯产能从12万吨扩展到90万吨，营销收入从12亿元提升到82亿元，醋酸酯产品成为"世界单打冠军"，占国内市场的20%，国际市场的15%；高品质铸件产能从年产2000吨提高到43000吨，营业收入从500万元提升至7亿元。公司成为恩德、特灵等龙头能源企业的优质供应商，并与西门子等世界500强企业建立了稳定的战略合作关系。

惠尔信机械、菇本堂生物科技等一大批企业发展更趋成熟，市场进一步扩大，产值和销售连年提升，企业的发展给了时间一份漂亮的答卷。

明天的梦想

对于未来，企业的领航者们都满腔热血，充满自信和期待。

追求卓越，是泰隆集团董事长殷根章的人生目标。他说，一个成功的企业家只有把质量当百年大计来抓，企业才会走向更辉煌的明天。今后人是企业中最重要的因素，要占领行业制高点，就必须建立一支适应市场的人才队伍。用人也是一种经营，即使不赚钱，也要先留住人才，有了人才，就能创造一切。泰隆集团"人无我有，人有我新，人新我特"的创新精神要继续绵延传承。他坚信，泰隆集团"做中国减速机行业领跑者"的伟大愿景很快会实现。

赢胜集团董事长秦天庆则说："在加快发展过程中，我们始终把企业的社会责任、职工的发展置于企业发展的大局中去布局、去推动，积极做好送温暖、金秋助学、大病救助、女职工保护等帮扶工作，切实维护职工权益，实现职工与企业共同成长，进一步提升了企业的凝聚力、向心力和号召力。我们将秉承共同奋斗、共享其成、永续经营的理念，大力实施'标准化''系统化''国际化'三大战略，将赢胜集团打造成为业务种类齐全、服务质量优良、基本建立现代企业制度、全面协调可持续发展的规模化、现代化企业。"

泰兴市工信局的领导表示，要用好"链式发展"看家本领，实施"链主"企业培大育强工程，加快形成"百亿级企业领航、十亿级企业带动、亿元级企业支撑"优质企业集群，更大力度为泰兴工业经济发展蓄势赋能。未来将继续狠抓"智改数转"关键增量，推动经济重构、产业重塑、生产重组，构建虚实融合、知识驱动、动态优化、安全高效的智能制造体系，培育一批掌握核心竞争力的成长型、"专精特新"企业，为泰兴工业经济转型升级打下坚实基础。筑牢"绿色转型"发展根基，实施《泰兴市绿色标杆城市建设三年行动计划（2022—2024 年）》和铸造产能综合治理攻坚，开展重点行业"能效对标"，推进重点企业"节能改造"，实现绿色制造水平提档升级，努力为重大项目招引落地提供要素保障，力争"十四五"期末地区生产总值超2000 亿元、工业开票销售超 4000 亿元。

时间是伟大的书写者，它不仅见证了泰兴工业经济几十年风雨兼程，也记录了奋进者砥砺前行、永不停歇的步伐。几十年的时代波光和历史进程，让泰兴经济飞速发展，彩霞满天。

（泰兴市工业和信息化局）

以“警”之名守护岁月静好

警察的人生，就是奉献自我。人民警察的历史进程中，闪烁着一个个平凡而光辉的名字，每一个名字都铭刻着一段感人的故事。有人说警察是城市的光，能照亮城市里每一个黑暗的角落。警服下的他们都是有血有肉的普通人，但在人民群众需要的时候，他们总会在第一时间出现。他们立警为公，执法为民，以“警”之名守护岁月静好。

他叫张勃，来自祖国的西北边陲——新疆。16年前，他远离家乡投身泰兴公安事业。多年来，他恪尽职守、勤于奉献，坚持奋战在公安情报工作的第一线，为打击违法犯罪和维护社会治安稳定提供了坚实保障。

“合成侦查”是公安机关打击犯罪的“杀手锏”。张勃每天面对浩如烟海的网络信息，足不出户，就能绘制出犯罪分子逃跑的路径，准确定位犯罪分子的藏身之处，为实施抓捕提供精确“坐标”。在张勃的带领下，合成作战中心已经成为泰兴市公安局信息产品的“生产车间”，服务基层实战的“好帮手”，他和团队先后为基层提供服务7300余次，抓获各类违法犯罪嫌疑人870余名，破案1000余起。

不仅如此，张勃从事网上信息研判工作以来，累计编发研判指令、作战技法、调研文章3000多篇，他的个人工作法入选了《江苏省公安英模工作法》汇编，并获得了“省公安厅科技强警奖”、“泰州市政法工作创新奖”、泰州市公安局首届“社会管理创新奖”和“泰兴市公安机关科技强警奖”等荣誉，并被公安部、省厅推广。他本人已经连续多年保持着“技战法最多”“技战法引用频率最高”“技战法课最受欢迎”3个泰州公安之“最”。

同时，张勃作为江苏省公安厅中级教官、泰州市公安局兼职教官，还利用"小夜校、小课堂""以案为例"等多种形式，手把手、毫无保留地将经验传授给团队每个人。截至目前，张勃借助市公安局"轮值轮训"培训班向全局民警传授自己的技战法，累计培训民警4000多人（次），让更多人成为新时代公安技术尖兵。

满腔赤诚铸警魂，科技强警筑金盾。张勃以信息科技创新为动力，大力实施科技强警战略，践行着"人民警察为人民"的庄重承诺。

他叫朱筱乐，是泰兴市公安局政务服务管理大队二级高级警长，也是泰兴"老乐在线"志愿服务品牌发起人。

2001年，朱筱乐部队转业后，一直在泰兴市公安局治安大队户政中队从事户籍管理工作。公安户政是一个小窗口，却是服务群众的大舞台。2013年4月，一位社区民警向朱筱乐反映，滨江镇一社区有11位老人在20世纪70年代去江西打工，因为户口档案丢失，"新农合""新农保"等都无法办理。朱筱乐背起行囊赶往江西，辗转多地，终于在一座废弃多年的小楼里找到了当年的档案室，翻出了11位老人的原始档案。当11份崭新的户口簿、身份证送到老人手中时，老人们由衷地感慨："我们终于不再是'黑户'了。"20年来，朱筱乐多次出差，远赴黑龙江、贵州、江西、湖北，帮忙查清了200多人的户口问题，让他们过上了正常人的生活。

朱筱乐是出了名的热心人，大家都亲切地叫他"老乐"。朱筱乐干脆开通了"老乐在线"，线上解答群众的疑问，让群众少跑路。在窗口接待中，朱筱乐看到很多离散家庭寻亲的艰辛，萌发了运用QQ、微信、论坛账号、微信公众号发布公益寻亲信息的想法。无论是老人走失，还是小孩离家出走，又或是失踪数十年的亲人，只要遇到求助，朱筱乐都会免费帮助发布"寻亲启事"。截至目前，"老乐在线"共发布730多条寻亲信息，结案535条，结案率近75%。针对失智老人易走失的情况，朱筱乐购置并配发了"老乐在线黄手环"，为走失老人能尽快找到家人提供帮助，目前共发放"黄手环"400多个。

朱筱乐在公益活动中逐渐认识了一些残疾朋友，并建立了"呵护残疾人爱心群"。古人云："授人以鱼，不如授人以渔。"在助残的道路上，朱筱乐越发感觉这句话的正确。随着互联网的兴起，微商已经成为一种职业，这对于残疾朋友来说，是一个很好的选择。选择好的商品，拓展朋友圈，服务到位，善于沟通，是做好一个微商的基本要素。朱筱乐在爱心群给他们传授销售经验，鼓励他们接受挑战。在朱筱乐的帮助下，大部分残疾朋友都做起了微商，收入的增加带来的是信心的恢复和增强。在每年的暖冬活动中，朱筱乐利用"老乐在线"微信公众号免费为残疾朋友发放广告。朱筱乐说："只要社会有需要，我愿意将这项公益事业一直做下去。"

用警心暖民心，用真心换真情。朱筱乐用实际行动告诉我们，只要群众需要，"警察蓝"从不缺席。

她们是泰兴市公安局交通警察大队新区中队女子班，主要承担泰兴城区5条主干道近20千米商业街区、学校周边路段及次干道的道口执勤、巡逻纠违等任务。

自组建以来，女子班把"爱民、亲民、为民"理念贯穿于日常执法服务全程，把开展学雷锋活动贯穿工作始终，赢得了社会各界的赞誉。

为营造辖区道路良好通行环境，女子班在多个路口设立执勤点，严格开展"三超一疲劳"、涉牌涉证、酒驾、毒驾交通违法专项整治，将各类交通违法行为的治理纳入常态化管理。

维护学校周边路段畅通安全，也是女子班的重要工作之一。管辖段内的11所幼儿园、中小学均设有"妈妈岗""护幼岗"，"妈妈岗"是女子班"护学岗"的别称，班组独创了眼勤、手勤、嘴勤、腿勤的"四勤工作法"，像妈妈一样呵护孩子们的出行安全。

不管天气多么恶劣，女警们在学校门前的身影从未消失，她们的辛勤付出也得到了社会各界的认可。时常有市民义务协助她们开展护学行动，学生们送来了亲手制作的慰问卡，还为女警们表演自创的文艺节目，锦旗、奖状、感谢信挤满了中队的荣誉室。她们还成立了"学雷锋巾帼志愿服务队"，感化失足青年、资助下岗女工、到敬老院看望老人、到福利院看望孤贫儿童，还长期帮扶2所特殊教育学校，常年结对3家敬老院开展志愿服务。

平凡之中暖人心，细微之处显真情，泰兴公安守护民安的故事还在继续……

（泰兴市公安局）

促进就业 春风化雨

2019年初夏，张重岸收拾好个人生活用品，挎上背包，离开校园，开始踏上了找工作的道路。正所谓"天涯游子意，终归是故乡"，纵然外面的世界很精彩，他历经了无数挫折坎坷，也见过无限风景之后，总会明白最美的时光永远在家里。带着这样的念头，2020年张重岸回到泰兴安家，租了个门面，开展书法、绘画培训。创业的道路总不是一帆风顺的，由于资金缺乏，他一度有退缩的想法。在得知有"富民创业贷"的好政策后，张重岸的启动资金解决了。"这种还款是先息后本，而且针对大学生，有贴息政策。"张重岸感慨地说："富民创业贷款真是我创业道路上的及时雨，很大程度减轻了我的经营压力，更加坚定了我创业的决心。"

就业是最大的民生，支持创业带动就业，保障大学生就业，是改善民生、稳定社会经济健康发展的重要保障。泰兴市人社局始终将促进高校毕业生为主的青年群体就业摆在就业工作首位，全面落实人才新政"双十条"，积极策应青年友好型城市建设，主动靠前服务，把政策宣传、创业服务、招聘服务、就业指导、职业培训、困难帮扶等送进校园，促进公共就业政策和服务资源更多惠及高校毕业生；积极主动挖掘契合本市高校毕业生特点的就业岗位，及时准确向高校毕业生推送。促进就业市场供需精准匹配，组织举办高校毕业生招聘专场活动；实施各类基层服务计划，做好"三支一扶"高校毕业生志愿服务计划、基层公共就业创业服务岗位招募计划等工作；开展实名登记就业服务，引导毕业生主动登记，将未就业毕业生全部纳入就业帮扶，兜底帮扶困难高校毕业生就业……数据显示，泰兴市高校毕业生总体就业率保持在98%以上。

就业，一头连着千家万户、民生冷暖，一头连着企业运营、宏观经济。稳就业，不仅为亿万群众提供了最基本的民生保障，也为经济高质量发展打下了最坚实的人力基础。

2020年12月19日，泰兴"智慧就业地图"正式上线，为企业和就业者提供双向精准云服务。"智慧就业地图"是泰兴市人社部门根据当地发展实际自主开发的一款人岗精准匹配软件。该软件整合了泰兴全域招聘信息，以电子地图的形式，形象地展示了全市各园区（乡镇）企业基本情况、招聘岗位，具备实时发布、行业匹配、岗位精准查询等多种功能。求职者可以通过区域筛选、行业匹配、精准搜索等多重方式进行检索，快速匹配合适岗位，更可以通过电话沟通、线上面试和"一键导航"的方式，快速入职，"码"上就业。

2022年春节，泰兴市采用"互联网+就业"云招聘模式，充分利用泰兴人才网、"泰兴市智慧就业地图"、"泰兴就业"微信公众号直播带岗平台、省人社一体化招聘服务系统、云智聘等线上载体的平台优势，创新打造"泰兴就业"融媒体宣传矩阵，开展名企优岗视频推介、直播带岗等一系列云招聘活动，实现招聘服务"不停歇"、网上就业"不打烊"，书写了就业用工新篇章。

众智谋事必明，众力举事必成。2022年，泰州市首家规范化零工市场在泰兴市公共就业服务中心正式挂牌运行，设立了就业服务大厅、零工休息区、求职招聘大厅、特色功能区等区域，集"等候用工、求职信息发布、技能培训、劳动维权、法律咨询"等功能于一身。提供零工和岗位信息发布服务的"泰兴零工驿站"微信小程序在当天同步发布，为零工人员提供了线上线下一体化服务和就业创业的全方位支持，满足了灵活务工人员多元化的就业需求。

依托省人社一体化平台，泰兴市已全面建成"市—乡镇（街道）—村（社区）"三级人社公共服务体系，打通了基层人社服务群众"最后一千米"；"初次就业一件事""创业一件事"改革顺利完成；就业业务"就近办、一窗办、一次办、一网办、掌上办"已经照进现实；信息系统抓取、数据自动比对、补贴"免申即享"如今已经成为常态。

泰兴人社局始终聚焦农民工、残疾人、高校毕业生等重点群体，大力实施"四力"就业援助行动，努力让每个人都能实现就业。

每天早上6点多，滨江镇印桥小区内，身穿红色马甲的顾晓军已经带着几名"老朋友"开始进行环境打扫。对于这份新工作，顾晓军还有些不习惯，规定6点上班，却总是4点多就醒来。他曾是渔民，习惯了三四点就出船捕鱼。相比于作息时间的变化，他和以前更大的不同则是从一名渔民变成了定员、定时、定地段，负责小区卫生清扫的保洁员。顾晓军的变化是长江渔民退捕上岸的缩影。"我们这些退捕渔民上岸后，上级落实了很多政策，大家自己也努力寻找出路，根据我们的学识水平、现有技能，镇里还组织了保洁技能培训，鼓励我们学习一技之长，努力致富奔小康。"顾晓军说。和他一样，全市退捕渔民百分百纳入社会保障、百分百实现就业安置。

人有恒业，方能有恒心。一个人有了就业，就容易安定；一个家庭有一人就业，就增加一份稳定的力量。就业是最大的民生，是最大的民生工程、民心工程、根基工程。未来，新的"赶考"之路上，还有硬仗要打，还有"答卷"要完成，面对接续推进乡村振兴的重任，面对共同富裕的新使命，泰兴人社将全力以赴稳定就业基本盘，让民生福祉更有温度，更有质感，奋力谱写新时代追赶超越新篇章。

从历史深处奔涌而来，向民族复兴澎湃而去。展望未来，随着"十四五"就业促进规划等政策的落地实施，我们有信心也有能力保持就业大局稳定，实现更加充分更高质量就业。脚印留在基层，把口碑树在民心。永远跟党走，为民办实事，是奋斗目标，更是我们对泰兴老百姓的郑重承诺。

（泰兴市人力资源和社会保障局）

二爷爷的土地情怀

中国是一个历史悠久的农业大国，农业不仅是历代王朝的立国之本，也是维系国脉民命的基业。所谓"民以食为天，国以民为本"，纵观历史长河，回顾华夏五千年文明，农业和农民都是历史舞台上不可或缺的角色。我的二爷爷就是中国农民中的普通一员，细数他过往一生，不过是种了几亩地，练就了一身农耕种植的本领。然而，他像亿万中国农民一样，站在历史的肩头，在土地里找寻到了属于自己的价值，并把理想播种在每一片希望的田野上。

我的故乡泰兴，素有"鱼米之乡"的美誉。这里地势平坦、土壤肥沃、气候宜人，农业经济自古发达。据史料记载，早在汉朝，汉高祖十二年（前195）就有了永丰里，也就是后来的永丰镇，今天的黄桥镇。汉朝立国之后，刘濞被封为吴王，建都广陵（今扬州），设海陵仓于今泰州，黄桥依托海陵仓，取名永丰里，寓意仓廪充实，永享丰年。

水土的历史演变

土地是农民赖以生存的基础，而水质土质又决定农作物的出产。泰兴全境土地都是长江挟带泥沙冲积而成，先民在依赖长江的同时，也担心长江发威，最怕水土流失。清代康熙年间，泰兴知县宋生在其所撰《龙慧庵记》里写道，早在泰兴县刚建立时，"江水进逼，龙作祟……沙崩不断，乡民内迁，黎民苦之"。所谓龙王作怪，不过是迷信传说，但江水崩岸，却是事实。南宋绍熙五年（1194），黄河夺淮河下游入海。黄河入淮，给淮河下游造成很大麻烦。不过，淮水入江，却使困扰泰兴600余年的坍江之害大为减轻。淮水主要入江口江都三江营小夹江，恰好在泰兴上游，距离很近。淮水注入后，小夹江流量大增，强大的水流削弱了长江干流弯道环流效应，使其侵蚀力显著降低。对泰兴更为有利的是，淮水携带的大量泥沙入江时受长江波浪阻挡，加上有潮水顶托，在长江北岸淤积下来，越积越厚，面积越来越大，使得泰兴南片成陆过程明显加快。至明末，泰兴县以南，大片沙洲相继形成，连为陆地。淮水过境南流，给泰兴带来两大好处：一是淮水充盈，并且能自流，加上涨潮时有江水补充，境内东北乡的高沙平原也开始大面积栽种水稻。二是水量丰沛，不再有枯水期、丰水期，不再依赖江上涨潮。可以说，泰兴农业的发展很大程度上是得淮水之利，一直延续至清乾隆五十五年（1790），前后近600年。这期间，泰兴经济平稳发展，地方财政收入也连年增加，使得官府开始注重发展水利，组织民众疏浚河道、开挖沟渠，周边农田排灌顺畅，农业增收增产，农民丰衣足食。

到了乾隆五十五年（1790），北新河上筑起滕家坝；嘉庆二十三年（1818），运盐河（老通扬运河）沿线设支流坝。从那以后，泰兴境内淮水时断时续，加上河道弯曲淤浅，江水难以引进，引进来也蓄不住，部分农田大面积干旱，导致大部分农民，尤其是东北各乡农民改种旱田。旱田出产的粮食，无论是数量上还是质量上，跟水田相比都有很大的差距。水源的减少，还导致境内土质日趋沙化，粮食减产。至此，泰兴的粮食产量呈现下滑的趋势。

但勤劳善良的泰兴农民，从来不会向困难低头。高沙平原土地贫瘠，灌溉不便，虽说长江下游雨水充足，但他们从来不偷懒，而且常年付出比别人更加艰辛的劳动，每隔几天就去农田施一次粪肥，保证收成，保证无饥馑饿殍。为此，泰兴自古就有"人误田一季，田误人一年"的谚语，这句话也反映出泰兴农民的勤劳、朴实、肯干。

农活好把式

二爷爷那代人，与中华人民共和国同龄，经历过贫穷和饥饿，也享受过富足和幸福。20世纪中期，农民劳动普遍实行集体出工记工分，那时候，土地还没有分到每家每户，为生产队集体所有，全体公社社员一起下地劳动。每年年初，生产队队长都会召集队里的全体社员进行每人工分的底分评定。底分按劳动力的强弱、老少甚至男女有别分级划分。男的壮劳力十足分是 10 分即为一工，其他是按劳动力强弱的程度递减，女的壮劳力最高的也只有七八分，刚初中毕业的小孩的底分就更低了，约 4 分。二爷爷不爱学习，据说一上学堂就打瞌睡，可是，田里地里干活却是一把好手，插秧、打稻，无师自通。又因为身强力壮，太爷爷早早地就让二爷爷参加了集体劳动。二爷爷说，那个时候的劳动都凭体力，既繁重又艰苦，农民的生活水平，总是年复一年地徘徊在低水平，没有丝毫长进。"一年忙到头，交足国家的征购任务，再集体留一点储备粮，最后分到每家每户的粮食简直少得可怜。还得靠种些杂粮来充饥。"集体"大锅饭"经济，分红低收入少，农民负担重，吃不饱也穿不好，这就造成了很多社员劳动积极性低落，也有一些偷懒者在劳动时出工不出力，挂着锄头当拐杖，眼巴巴地盼着太阳早点下山，早些收工。

二爷爷每天好像都有用不完的劲儿，一刻都闲不下来。忙完生产队的活计，二爷爷还养猪。那个时候，农民除了交"公粮"外，还有养猪的派购任务。每家每户向队里交家畜、家禽的粪便及人工积肥化灰的肥料也可以计入工分。工分如果高于生产队全体人口的平均值，年底就可以参加"分红"，就意味着可以多分得一点现金。爷爷说，我家因为有了二爷爷，从来没有人饿过肚子，年底甚至还会有点结余。

1978 年，一场声势浩大的改革在中国大地展开，泰兴也不例外，改革的春风吹遍每一块农田、每一个农户，鼓励按劳分配。1982 年 1 月 1 日，中国共产党历史上第一个关于农村工作的一号文件正式出台，明确指出包产到户、包干到户都是社会主义集体经济的生产责任制。我们家像所有的农民一样，有了自己的耕地。"耕地刚承包到个人头上，大家都铆足了干劲。别的村的人还在休息呢，我正月初二就开始下地干活了。"说起过往，二爷爷一脸的自豪。我们家也是村里第一批解决了温饱问题的家庭。从以前吃不饱、穿不暖的贫苦生活，到改革开放以后的吃饱穿暖的温饱生活，对于二爷爷们来讲，本身就是一个翻天覆地的巨大变化。

此后，党和政府不断稳固和完善家庭联产承包责任制，鼓励农民发展多种经营，使广大农村地区迅速摘掉贫困落后的帽子，逐步走上富裕的道路，中国因此创造了令世人瞩目的用世界上 7% 的土地养活世界上 22% 人口的奇迹。

黄昏夕照明

已过古稀之年的二爷爷，这一辈子都没有脱离农业，没有离开过他的土地。20 世纪末，打工成为农民的一种潮流，很多人纷纷离家前往外乡，二爷爷不为所动。他说，土地是咱农民的命根子，荒废不得。失去什么也不能失去土地，二爷爷的一生都奉献给了土地，土地也给予了二爷爷应有的回报。二爷爷一家早已从土房子住进了钢筋水泥建的二层楼房，还坚持把两个孩子供到大学。这两年二爷爷还用起了智能手机，每天和远在上海的小孙子视频聊天，是越活越潇洒了。更加可喜的是，政府不断加大对农村的投入，铺路、架桥，将电力、自来水等现代生活设施送到了农民家里，并大规模地"改水改厕"。所有这些，不仅改善了农村的生态与人居环境，更提升了农民们的生活质量。同时，政府也加大了对农民福利的投入。现在种田不仅不再缴税，国家还给予农业补助；还有医疗保险，农民们也能像城里人一样，有了大病可以安然就医；到了 60 岁后，还享受养老补贴。这些看得见摸得着的喜人变化，对于二爷爷们而言，是原来连做梦都不敢想的事，现在竟然变成了现实。

如今，泰兴的农业机械化已经非常普遍了，再加上土地流转"坐地收钱"，今日之农民再也不用"日出而作，日落而息"，也不必担心"衣食无着"。可以说，中国农民真正过上了幸福美好的生活。

二爷爷说，他已经与土地结下了一生的缘分。是啊，土地蕴藏着无限的资源，农民耕种土地，让土地发挥其能，为人所用。平凡、奉献是土地的执着，正如农民，敢于用一颗平凡的心，做着平常又不平凡的事情，这是土地的魅力，也是属于农民特有的骄傲。

致敬，二爷爷！致敬，中国农民！

(泰兴市自然资源和规划局)

回家的路

我的家远离城市，位于泰兴东乡一个偏僻的小村庄。我出生在 20 世纪 80 年代，那个时候，农村的道路基本是土路，遇上下雨、下雪，道路就会变得异常泥泞崎岖，深一脚浅一脚的，走起来非常吃力。

夏天的时候还好办，实在不行把鞋脱了，赤脚前行；最难走的莫过于冬天，遇到下雨、下雪这样的天气，实在是遭殃，鞋子湿透了，脚也冻坏了。有时，甚至会莫名地希望一直保持结冰的状态，那样至少不会泥泞，走起来好一些。

我相信很多与我一样从农村出来的人，对农村感受最多的就是道路的泥泞难走，那是永远难忘的记忆。

后来，我考上大学，成为村里又一个通过上学改变人生、改变环境的人。记得当我拿到本科录取通知书时，村上不少人惊讶地说："看他整天不学无术的样子，也考上了，这就是命啊！"其实，他们哪里知道，这是我努力奋斗的结果。那时候，我每个月都要骑行 20 里的路去上学。途中，我就将许多需要背诵的语文、英语、政治的内容背得滚瓜烂熟，因为，我的心里只有一个目标——留在城里。

2005 年，4 年的大学生涯结束，我如愿留在了城里工作。随着在城里安家落户并结婚生子，家乡已经离我越来越远。尽管如此，那条土路依然是连接我和村庄的纽带，让我和家乡永远都不会分离。正是这条路，让我走出了偏僻闭塞的村庄，进入了更为精彩的世界；也正是通过这条路，让我随时都可以重新踏上回归的旅途，看望至今仍然留在家乡的父母。

后来，村里进行道路改造，土路被水泥路替代。如今回家的路真是太方便了，村村都是水泥路、石子路，汽车可以通行无阻，直接开到家门口。更难得的是，我家门口那条原来一到雨天就很泥泞的土路，也变成了水泥路，自南向北，笔直宽阔。

这条路，记录了泰兴交通运输事业 30 年来的时光荏苒。30 年来，经过一代代交通人的不懈努力，泰兴交通运输事业发生了翻天覆地的变化，谱写了泰兴交通发展史上辉煌一页。敢于筑梦，凝聚党群力量；勇于追梦，实干交通畅通；勤于圆梦，共绘泰兴蓝图。在追梦路上，他们不断超越，实现美丽蝶变。交通基础设施建设取得明显成效，重大项目取得突破，国省干线建设快速推进，农村公路稳步提档升级，综合交通路网覆盖广度和深度显著提高，等级结构不断优化，全市"外联内畅"的大交通格局逐步形成，极大地提高了人民的生产生活水平，交通已成为泰兴经济社会发展的重要支撑。

近 3 年，泰兴更是把交通基础设施建设推向了高潮，市委、市政府以成功创建"四好农村路"全国示范县、荣获省"径美泰兴"品牌创建一等奖为契机，坚持"大投入、大发展"的思路，实施农村公路提档升级，改造乡镇危桥，实施安全生命防护工程。行政村双车道四级公路覆盖率达到 100%，农村公路通行能力大幅改善。"径美泰兴"总里程 2200 千米，增强了群众获得感和满意度。

是啊，农村的土路寄托着多少农家人的幸福，承载着多少新的希望。多少人婚丧嫁娶、多少人走亲访友、多少人就医上学走过这条路，谁也说不清。农村道路的变化，记载着村庄的喜乐和忧伤，也承载着每一个人的人生，反映时代的变迁。它记得村里人的喜怒哀乐，也记得第一个跳出农门学子远去的背影，还有留在身后的父亲母亲脸上的笑容。

如今，农忙闲暇，父亲母亲还会经常准备一些农副产品乘坐公交车送到城里。从覆盖主城区到城乡一体化，公交打通了农民出行的"最后一千米"。2021 年泰兴还成功创成省级城乡公交一体化示范市，因地制宜，在充分调研的基础上，优化公交线路，合理规划建设公交专用道，让和父亲母亲一样长期生活在农村的人，进城的路变得更加便捷。我时常在想，时间在来回地奔跑中渐行渐远、渐行渐长，我在慢慢地长大，父亲母亲也在渐渐地变老。很多时候，我盼望着父亲母亲如果能在城里生活就好了，然而，他们早已习惯了农村，哪里也不想去。城里生活再好，过上几天还是嚷着要回到农村。他们喜欢家中泥土的芬芳，公鸡的啼鸣声，青蛙的叫声，蛐蛐的歌唱……

　　村子里的人越来越少，已经很少能听见青壮年男子那雄浑有力的声音，甚至就连村里的成年女人也都开始涌动起不甘寂寞的心，跟随着男人的脚步蜂拥奔向城里，去实现幸福的梦想。如今的村庄几乎变成了一座空巢，在每一个空荡荡的院落里，只剩下上了年纪的老人和为数不多的幼小孩童。村庄再也没有了往日人丁兴旺的景象，安静得就像一个睡着了的老人。或许，在通往家乡的那条小路上偶尔传来的孩童们奔跑时的笑声，才能将它唤醒。可是，那条路并没有嫌弃日渐空寂的村庄，依然陪伴在它的身旁，并继续满载着留守村民的希望。

　　每一条回家的路都具有博大的胸怀，它们为每一个人慷慨铺就了走出村庄实现梦想的道路，又随时敞开心扉，接纳在外打拼的人们的回归，不管是成功，抑或失败。每一条回家的路还拥有隐忍的智慧，因为它深深知道，它连接的地方，正是在外漂泊的人日思夜想的家乡；而它连接的人，也正是游子们难以割舍的骨肉亲人。它们始终坚守着一个信念，那就是终究有一天，在外的人会全部回到村庄的怀抱中。

　　通往家乡的路，始终像一条纽带，一端连接着村庄，另一端系在我的心上。通往家乡的路，由狭窄变宽阔，由泥泞变通途，这是通向幸福的路，这是留得住乡愁、承载着美好的路。

（泰兴市交通运输局）

水韵泰兴

　　长江挟沙，海浪顶沙，聚沙成洲，沙洲成陆，遂有古泰兴地。西傍长江的泰兴，与水有着千丝万缕的联系。千百年来，奔流不息的长江水，源远流长的老龙河，衍生出充满生机的平原水网；济川、羌溪、襟江，每一个名字都浸润着水的印记，流动着水的韵律；龟背腾蛇的老城格局，让这里的人们对家园深深依恋；仙鹤湾、宝塔湾、龙河湾，犹如一部部流动的文化史书，深情诉说着这片水乡的人文故事，成就了这座水韵之城的独特气质与文化魅力。

水之治：福泽长千秋

　　水是生命源泉，是万物之宗。但因水而起的各种灾害也一直威胁着人类生存和社会发展。中华民族数千年的发展史，在某种意义上就是一部治水史。自大禹导川治水始，历朝历代莫不把治水作为兴邦富国的首选方略，故有"治国先治水，治水即治国""善治国者，必先治水"等警世之训。历史的经验告诉我们，治水兴水是关系国计民生的一件大事。撤县建市 30 多年来，泰兴突出抓好防汛保安和供水安全，建设重大水利工程，为全市经济社会发展、人民安居乐业提供水利支撑。

　　马甸水利枢纽巍然矗立，滔滔江水经此一路东去，为黄桥老区及通南地区引水"解渴"；实施天星洲保护与开发，为深水良港建设留足空间；建成如泰运河接通工程，实现如泰两地"江河之吻"；建设 12 千米长江生态湿地和廊道工程，打造全省长江岸线样板风光带，奏响生态绿色"长江之歌"；在全省率先落地建设第二水厂、深度处理 PPP 项目，彻底解决全市人民饮用长江水的水量、水质问题，获省政府奖励表彰；完成应急备用水源达标建设，实现"双源"安全供水，福泽长千秋。

一座座具有时代标志的重大水利工程，守护起一方百姓的富足与安康，在泰兴治水史上标注下温暖注脚。2020 年，面对长江历史上第二大流量的超标准洪水，泰兴交出了大洪无大灾的满意答卷，市水务局被评为全省抗洪抗旱抗台工作先进集体，马甸水利枢纽改建工程获水利至高荣誉"大禹奖"提名。

水之美：歌声灯影醉

初夏时节，漫步在长江生态湿地和绿色廊道，抬头便看见湛蓝的天空，江堤上随处可见满眼的绿色，青青麦田上几只白鹭时而飞起、时而小憩，稚童沿着江岸追逐嬉戏，好一幅人水和谐的美丽画卷。而这些都得益于泰兴全力推动长江大保护，把岸线清理整治与生态修复相结合，还江于民，还岸于民，还景于民，不断擦亮长江治理保护的生态底色。

老龙河，九十九条湾，深植于泰兴人的记忆中，也见证着泰兴这座城市的日新月异。河水潺湲而静谧，舒曼且明达，惠风和畅清心，如步影随月。沿河而行，河岸两边原来低矮、凋零、破败的房屋已渐行渐远，一座座形态各异的桥梁犹如历史的交响曲，见证着这座城市的繁华。泰兴大桥、延陵桥、鼓楼桥、羌溪桥、公园桥、济川桥、文江桥如雨后春笋般拔地而起，夜幕降临，华灯初上，波光粼粼与灯光辉映，如烟如雾如尘，让人一下子就惊诧于老龙河的生命与活力，让人陶醉于歌声灯影里的水波荡漾。由于受到母亲河的常年恩泽与滋润，河岸两边绿草如茵、花团锦簇。再看美丽乡村，徜徉于农村亲水平台，看繁花似锦，赏落英缤纷。城水交融、人水相亲的水城美景，以水为脉的现代城市生态格局正在形成，泰兴正成为游子心中的"诗和远方"。

水之治：澹澹兮生烟

每一条河都流淌着文明的痕迹，每一个水利工程都肩负着历史的使命。由于泰兴市地处通南高沙土地区，土质沙，加之船行波的冲击，水土流失十分严重。为充分恢复和发挥河道引排功能，多年来，泰兴市紧紧围绕"全域治水"理念，把开展规模河道疏浚整治作为全市农村水利工作重点，组织编制县乡河道整治规划及村庄河道整治规划，并严格按照规划组织实施。2005年以来，对部分淤积严重的骨干河道分段进行了疏浚整治和完善配套，先后整治了宣堡港、天星港、蔡港、羌溪河、东姜黄河等骨干河道16条（段），总长度约253.4千米，完成土方1091.2万平方米，同时对境内所有骨干河道开展了水面及河坡水环境整治工程，同步实施植树绿化；各乡镇对本镇境内的淤积水沟进行了疏浚整治，按照泰兴市农村河道轮浚规划，每年对3个乡镇的农村河道进行疏浚整治，集中投入、整乡推进，治理一片、见效一片。

清水润城，碧水绕村。近年来，泰兴市以畅流活水工程为龙头，致力打造源清流洁、水畅景美的水环境，织就水韵泰兴的五彩经纬。2011年以来，启动实施中小河流治理工程，陆续对两泰官河、如泰运河、西姜黄河、季黄河、新曲河、古马干河、天星港、焦土港、宣堡港等区域性重点骨干河道进行疏浚整治和岸坡防护，并配套部分小型泵站改造等。同时启动并实施了中小河流治理重点县项目，该项目涉及11个乡镇共计12个试点项目区。主要建设内容包括河道疏浚、岸坡整理及水系沟通，分3年完成施工，总投资约3.6亿元。特别是2018年以来，市财政每年投入近亿元，连续4年实施农村活水工程，累计整治庄河2224条1158千米，拆坝改涵建桥2479座，3007条农村庄河实现畅流活水。全市生态河道覆盖率达41.94%，位居泰州第一，逐步实现"河畅、水清、岸绿、景美"的治水目标。

大风泱泱，大潮滂滂。云青青兮欲雨，水澹澹兮生烟。千年水韵的流转，让这片土地上的人们对于水的眷恋一往情深。水的襟怀和气魄也造就了这里的人们中流击水、奋楫争先的精神特质。深入践行新时期治水方针，泰兴水务人以水为脉，兴水强市，水利事业浪奔涛涌、风帆再起！一个个坚实成就交相辉映，河长制、水生态文明城市创建、农村活水等特色工作引领泰州，走在全省前列。

水是泰兴的血脉，因水而生，因水而兴，因水而美。泰兴，站在长江与龙河擘画的土地上，正击水而歌、破浪前行……

（泰兴市水务局）

云数据 数据云

2022 年，泰兴撤县建市 30 年。30 年的农村振兴发展，是一首激情昂扬的诗，时间镌刻崭新的年轮，岁月记录前行的足印。

30 年扬帆奋进，农村产业蓬勃发展。

30 年砥砺前行，农村"颜值"扮靓提升。

30 年春华秋实，民富村强景美人和。

要真正让大家了解 30 年来在市委、市政府坚强领导下，全市上下切实扛起强农兴农重任，传递重农崇农的价值取向，凝聚爱农支农的强大力量，稳住农业"基本盘"、筑牢"三农""压舱石"，深情奏响一曲"农业强、农村美、农民富"大地赞歌的伟大历程，还是让我来说话，最亲切，最实在。

我是谁？人们叫我数据云。不过，今天我这个"云"，还要作动词用，说说成就，说说见证，说说春华秋实 30 年的美好岁月……

一、粮食安全奏强音

先让种田的朋友说。

家住新街镇的刘先生：以前靠人力在田里耕作。种田很辛苦，那时候，在农忙时节，一家老小齐上阵。30 年前，不仅耕田犁地靠人力，插秧和收割也要靠人低着头弯腰进行，终日面朝黄土背朝天地苦干。为了节省时间，我早上出发前就准备好中午的吃食，从早上 6 点一直忙到晚上 6 点，能收割 1 亩地左右，累得晚上腰都直不起来。如今，不光有种地的收入，还有在附近企业上班的收入，日子过得越来越红火。种植小麦前，使用机器整地；秋收时，机械化作业省时又省力。

老实人，句句说的是实情。这仅仅是这 30 年来泰兴以转型发展为导向，推进现代农业跨越发展成绩的微缩景观。

30 年来，坚持把粮食安全放在突出重要位置，泰兴市粮食始终保持平稳向好的发展态势，获评"全国主要农作物生产全程机械化示范县""国家级畜牧业绿色发展示范县"等荣誉称号。

请看看我的记载：累计建成高标准农田 60.49 万亩，占比 69.28%，高效设施农业面积 210670 亩，占比 24.13%。建成水稻高质高效示范片 75 个，主粮产物连续 5 年稳定在 63 万吨以上。高标准规划建设 1 万亩"菜篮子"工程蔬菜保供基地，蔬菜年产量超百万吨。畜禽养殖呈现由数量增长向质量提升的发展转变，2021 年猪肉产量 4.6 万吨、禽肉产量 1.4 万吨、禽蛋产量 5.2 万吨、水产品淡水养殖产量 1.73 万吨。

二、跨界合作写华章

有个数据很威风，那就是主动顺应农业跨界融合、跨区域联合、跨产业结合新趋势，坚持产业融合，推动乡村产业质量效益和综合竞争力持续攀升，全市农业产业总产值突破百亿元。百亿元，三产融合提速提质的成绩不同凡响！一个数字萌发一组音符，合起来就是一部交响乐章！

围绕泰兴"粮食生产、果蔬种植、畜禽养殖、休闲观光"四大农业产业链，农村一、二、三产业加速融合，创成省级一、二、三产业融合先导区 3 个、省级农业产业化联合体 5 个、泰州市级农业产业化联合体 5 个；全市现有泰州市级以上农业产业化龙头企业 54 家，其中国家级 1 家、省级 12 家、泰州市级 41 家，2021 年全市市级以上农业龙头企业销售收入达 220.95 亿元，2022 年上半年全市市级以上农业龙头企业销售收入 121.63 亿元，同比增长 10.1%。突出品牌强农，现有绿色食品品牌 88 个、有机农产品品牌 1 个、农产品地理标志 6 个。

在现代农业产业园里，我们数据就是生猪的膘肥体壮，就是蔬菜的青绿和水果的芳香。坚持走差异化、特色化发展路径，建立动态评价、淘汰退出、提档升级"三项机制"，加大对现有省级以下现代农业产业园管理力度。聚焦国家现代农业产业园区生猪、银杏主导产业链培育，推动"生产+加工+科技"深度融合，2021 年产业园总产值达到 101.33 亿元，主导产业总产值

91. 23 亿元。2022 年成功创成国家现代农业产业园，市现代农业产业园区入选省级加工集中区示范典型，被认定为省级现代农业产业示范园。以国家现代农业产业园区为引领，黄桥蔬菜、滨江水果农业园为示范，粮食、水产、农牧等为补充的"1+2+N"农业产业园发展格局初步形成。

三、"惠农"画卷展新颜

土房、泥路，建市初期的广大农村如宝珠蒙尘，设施老旧、尘土飞扬。如今生态环境改善，乡村绘就"惠农"画卷，我就是画上的题款，重要的数字就是压角图章。听听滨江镇祥福居村民高女士怎么说：回想起建市之初农村的土屋砖建，那时候能盖起砖瓦房，至少都是村里的"万元户"，一个村能有几个呢？就算盖了砖瓦房，但瓦片破损漏雨，在屋里用盆、罐接雨水也是常事。哪像现在，不仅一座座农家小楼拔地而起，我们这还都住进了现代化的高楼小区，水泥路也铺上了，树也栽上了，路灯也亮了……原来农村"脏乱差"的环境再也不见了，老百姓的幸福指数一年比一年高。

30 年来，深入推进农村人居环境整治和农村厕所、污水、垃圾"三大革命"，河长制、林长制、河湖警长制有力推进，创新实施农村活水工程，农村黑臭河道动态清零，基本实现畅流活水目标。这种改善，我最有发言权：246 个行政村建有污水处理设施，无害化卫生户厕普及率为 85.3%，生活垃圾无害化处理率达 100%；建成农膜及药肥包装废弃物回收体系，畜禽粪污资源化利用率达 100%，秸秆综合利用率达 97.43%。林地面积达 25.9 万亩，林木覆盖率达 26.59%，创成国家森林乡村 6 个。所有村居通过村庄环境整洁村考核验收，建成美丽宜居乡村 346 个，创成省级特色田园乡村 8 个、泰州市特色田园乡村 3 个。全面完成长江退渔禁捕任务，长江泰兴段提前一年进入 10 年禁捕期。

保护特色，留住乡愁，重新规划分类全市村庄。大力实施农村公路提档升级工程，荣获全国"四好农村路"示范县称号。我们数据记载了那些出色和出彩：持续改造桥梁，有序疏浚整治庄河。每年县道大中修比例达 8%，农村公路安全防护设施全面规范到位，镇村公交开通率保持在 100%。农村区域供水一体化改造全面完成，入户率稳定在 100%。天然气进村入户接驳达 10.68 万户。行政村光纤宽带实现全覆盖，入户率达 100%，开通乡镇 5G 基站 746 个。新改建农村中小学、幼儿园 56 所，农村标准化学校达标率 100%。全市乡镇卫生院、村卫生室均达省标准。

四、乡风文明沐万家

创新乡村善治路径，推出"法治小区""一站式多元解纷"好经验好做法，滨江镇仁寿村获评全国乡村治理示范村，三营社区"邻里党建"构筑熟人社会入选江苏新型农村社区治理与服务典型案例。乡风文明建设持续加强，创成省级主题创意农园 5 家、农耕实践基地 2 家，创成全国文明镇 3 个、全国文明村 4 个，新时代文明实践站（所）实现全覆盖。全面完成农村土地确权登记颁证，农村承包土地"三权"分置改革稳步推进，农村宅基地"三权"分置改革不断深化。农村集体"三资"监管水平不断提升，创成全国农村集体三资管理示范县，村级财务管理会计委托代理模式在全省推广。

我知道，老是听我们数字报账，还是有些枯燥的。我讲一个故事，给大家提提神。

15 年前，一场意外导致根思乡村民潘冬泉落下了残疾，不久之后，艰难维持家庭开支的妻子也撒手人寰。那时的潘冬泉悲痛不已、意志消沉，甚至觉得生命已经没有了继续下去的意义。多亏了村干部及时介入、时刻关注，不仅多次上门在情感上疏导、在生活上帮扶，更主动帮助办理低保，才让他逐渐走出了生活的阴影，重拾生活的信心。但是，一向好强的潘冬泉不甘于靠吃低保过日子，他觉得人这一辈子，只要还有一口气，就应该活出个人样。村里通过多方联系帮他贷款，还帮他修建羊圈、整治庭院，组织技术人员在科学饲养、精心管理等方面为他提供免费的技术指导和培训。虽然辛苦些，但这些羊儿可是让他脱贫致富的"香饽饽"。现在他每年都有上万元的收入，腰板真正挺起来了。潘冬泉身残志坚、脱贫致富的故事，在促进共同富裕的征程中也并不是个例。30 年来，泰兴坚持把生活富裕作为推动农村振兴的出发点、落脚点，一副对联道出了百姓的心声：拓宽农家致富路，开启乡村幸福门。

五、振兴路上显身手

奔小康的路上，紧扣"两不愁三保障"脱贫标准，建立"绘制一份贫困地图、制定一个脱贫意见、签订一份工作责任书、制订一组到村到户脱贫计划、设定一张脱贫时间表、创新一套工作推进机制""六个一"工作机制，围绕解决"扶持谁、怎么扶、谁来扶、如何脱、如何退、真扶贫真脱贫""六个问题"，全面推进精准扶贫。我们数据和农家的笑容一起灿烂，和脱贫的村民共同欢唱。至2019年底，泰兴市所有建档立卡经济薄弱村和低收入农户全面脱贫。全市建档立卡低收入农户共计1.77万户3.09万人，实际有效农户共计1.53万户2.61万人，人均纯收入由建档立卡初期的5809元增加到14387元，年均增幅19.9%，"两不愁三保障"举措全面落实；245个经济薄弱村集体经营性年收入均超省定18万元标准，可支配收入均超泰州市定的35万元标准。持续巩固脱贫致富奔小康成果，2021年全市原建档立卡低收入农户共计1.47万户，人均纯收入16854元，增幅18.9%；确定新一轮省定、市定经济薄弱村158个，2021年实现集体经营性收入8100万元，村平均收入51.2万元，增长22.6%。

坚持走新型农村集体经济发展之路，大力实施"整镇推进"村级增收项目，积极搭建镇与村、园区与村、村与村联合共建平台，推动"强""弱"抱团共富，村集体经济持续壮大。

我们数据是花，开得很鲜艳；是果，香得很迷人。2021年整合帮促资金5420万元，实施千万元以上增收项目2个，实现增收250万元；落实332个"万企联万村，共走振兴路"联建项目，带动村集体增收2000余万元，全市村居集体经营性收入平均达71万元，增幅15.7%。2021年，年经营性收入50万元以上的村229个，占比69.2%，其中100万~200万元以上的村42个，200万元以上的村4个。

积极探索农业产业化带动模式，大力发展"菜单式"农业产业项目，促进农户生产经营与现代农业全产业链、大价值链有机结合，建成镇村电商服务站331家，2021年农村电商交易额28.69亿元。农民越来越富，全市农村居民人均可支配收入增幅连续多年位居泰州第一，2021年农村居民人均可支配收入27658元，增幅11.6%，城乡收入比下降至1.94。

奋斗浇灌幸福花，万里山河起宏图。以数据的名义，说了那么多，数据里有奋斗的故事，数据里有美好的憧憬。展望未来，泰兴将紧紧围绕"率先基本实现农业农村现代化""跻身全国乡村振兴示范县（市）行列"两个目标，以激扬"风雨无阻向前进"的豪情，凝聚"越是艰险越向前"的力量，探索产业发展新模式，打造农村居住新形态，开拓共同富裕新路径，构建城乡融合新格局，促进农业高质高效、乡村宜居宜业、农民富裕富足。我们数据云会更加绚烂、更加迷人！

（泰兴市农业农村局）

奔腾的

老龙河

退伍老兵的前进人生

他们曾经当过兵，穿过绿军装，扛过冲锋枪，肩负着保家卫国的重要使命。他们曾经当过兵，军营岁月赋予了他们钢铁般的信念，艰难险阻铸就了赤诚的肝胆；他们把生命中最壮丽的青春留在了军营，将灿烂的年华融入大好河山的壮阔。脱下军装，他们奔赴不同岗位，永葆奋斗精神，珍惜军人荣耀，积极发挥能量，为祖国建设添砖加瓦。

轮椅上的退伍老兵

"退伍不褪色！"这是作为一名退伍军人的基本素养，短暂的军旅生涯，却能赋予白国龙一生宝贵的财富。

1990 年，刚刚高中毕业的白国龙应征入伍，远赴河北当了一名步兵。初入军营，面对高强度的军事训练，白国龙遇到了不小的挫折：跑步跟不上，体能素质弱，身体协调性差，尤其是进入全程淘汰制、强手如林的教导队集训时，他甚至一度垫底。生性不服输的他，暗暗给自己打气，没有战胜不了的困难，只有战胜不了的自己。体能跟不上，他就在双腿绑上自制的沙袋，增加武装越野的负重；协调性差，他就将背包带绑在树上练投弹时的瞬间爆发力，将手榴弹吊在枪的准星处练臂力和击发时的稳定性；为提高匍匐前进速度，石子划破了手臂，也咬牙坚持。腿上因为训练受伤缝了十几针，线一拆，又是一头扎进训练场。别人训练他训练，别人休息他还在训练。晴天一身汗，雨天一身泥，换来的不仅是如期毕业，还荣立个人三等功一次。军队生涯也锤炼了他不畏困难、吃苦耐劳的优秀品格。

退伍后，白国龙不断学习，当过工人、做过村干部、任过乡镇人武部负责人。2006年，带着丰富的基层工作经验，白国龙成为泰兴市信访局的一名信访干部。刚履职的时候，他对信访工作真是一窍不通，信访工作如何开展？应对突发事件的方法有哪些？如何克服信访工作的艰巨性？一个个问号都抛在这个信访工作"门外汉"面前。为了尽快弄清楚、弄明白、弄透彻信访工作，白国龙像个小学生一样，"缠着"有工作经验的同事虚心请教，他还主动与法官、检察官、律师交朋友，遇到不明白的问题都拿本记下来。上班处理信访事件，下班后也一刻也不敢松懈，学政策、学法律，硬是凭着一股钻劲考取了律师资格证。

然而，正当他准备大显身手的时候，命运却和他开了个玩笑，一场意外导致白国龙半身不遂，未来只能在轮椅上度过余生。但他并不认命，康复的日子里，他每天努力坚持锻炼，增强体魄，他期待着能够重新坚强起来，重新成为身边亲人最坚实的臂膀。凭着坚强的毅力，2009年，白国龙毅然出现在了信访局的接待窗口，成为一名"轮椅上的信访干部"，而且一干就是14年。

"一种职业，体现着奉献和担当；一分付出，收获了真诚和感动。我非常坚定地相信，无论身处何境，只要拿出军人肯打敢拼、勤奋好学、百折不挠、无私奉献的精神，就一定会有属于我的舞台。"白国龙如是说。

警营之花

英姿飒爽，柔情肩负重任，是大多数人第一次见到朱芳子时的直观感受。2019年，朱芳子转业到泰兴市公安局，成为一名基层社区民警。一名北方人想搞好社区工作，首先要克服方言的障碍。没有丝毫的犹豫和彷徨，朱芳子从零学起，虚心向同事们请教。自学警务理论和办案流程，多少个夜晚，挑灯夜战换来的是执法考试的通过和绩效考核成绩优秀。不论是炎炎酷暑还是寒风刺骨，朱芳子常常是白天奔波在片区，夜晚坚守在线上。帮走失的儿童和迷路的老人回家，排查场所的安全隐患，入户调查了解社情民意，将危害治安的预警信息贴近老百姓。2020年，面对来势汹汹的新冠疫情，朱芳子坚决为群众安全保驾护航——严密核查外来人员的流调轨迹，严格检查公共场所防疫措施的落实情况。由于工作繁忙，她没接送过孩子上下学一次，对家人的愧疚，有过苦恼，也有委屈，但社区民警爱民为民的责任感容不得她有过多的感伤。每次听到老百姓说，谢谢你，朱警官！这种踏实的成就感和满足感，拂去了朱芳子一身的疲惫，让她觉得，为群众付出再多，也是值得的。

"若有战，召必回"

庚子年，新冠疫情突如其来，一场关乎人民生命健康的疫情防控阻击战打响了。泰兴市退役军人事务局向全市退役军人发出倡议，积极投身抗疫一线。2022 年 3 月 13 日凌晨，江苏省泰兴市在外地返泰居家健康监测人员核酸检测中，发现 1 人检测结果阳性。济川街道汉庭酒店隔离点迅速投入使用，其中就有 5 名退役军人，他们密切配合医护人员、公安民警、汉庭酒店工作人员工作，主要负责隔离人员进出隔离区、后勤保障、安全保卫、心理咨询等工作。

疫情初期，各项工作千头万绪。由于征用紧急，酒店内隔离区楼层地面铺设的是地毯，不符合隔离区保洁消毒要求，需铺设新的地毯革。在此情况下，退役军人蒋锐、徐兆宏、戴蔚、蔡非，充分发扬"听党指挥、能打胜仗、作风优良"的军人本色，主动承担了该项重要任务，并在规定的时间内不折不扣地完成。此外，为密切配合医护人员做好隔离区卫生防疫工作，他们努力克服时间紧、任务重、工作量大等实际困难，身穿防护服，将卫生防疫用品逐一送到每间隔离房间门口。他们化身隔离区管理的监管员，贴心服务的勤务员，物资保障的后勤员，没有一点怨言，总是微笑着面对每一次挑战，真正做到了"退役不退志，退伍不褪色"，不会忘记一个革命军人的责任与担当，无论身在何方，都将军营里的血气方刚带到退役后的工作和生活中，为打好疫情防控阻击战做出了重大贡献。

退役军人奉献自己的青春和热血，哨位、校场、抗疫一线都曾留下他们奉献和坚守的身影。记住奉献者的奉献，是退役军人的期盼，也是时代前行的需要。2022 年，泰兴市"崇军兴泰"服务品牌正式启动。这是泰兴市退役军人事务局基于"尊崇军人，兴旺泰兴"宗旨，打造的一个退役军人就业创业服务平台，集信息采集、招聘求职、教育培训、创业扶持、风采展示等功能于一身。该品牌的创建，有力拓宽了退役军人就业创业信息渠道，促进了退役军人就业创业工作的高质量创新发展，在泰兴全社会营造了尊崇军人的良好氛围。

是的，他们曾经当过兵，是勇敢的战士。如今，脱下军装，他们依旧是人民的子弟兵，军队这个"大熔炉"锻造出他们忠诚、坚韧、担当、自律的人生底色。他们退役不褪色，在各行各业绽放军人的光彩，踔厉奋发，成为标杆。他们身上军人的奉献意识和攻坚精神始终在延续。奉献者的奉献，泰兴不会忘记。

（泰兴市退役军人事务局）

万家灯火守护人

没有战争年代的金戈铁马，他们却时刻准备着赴汤蹈火；有那么多危急险难，他们勇敢"逆行"，只为岁月静好的安详。他们是应急救援最坚实的力量，他们是守护万家灯火的消防员。当国家和人民需要时，勇毅前行，时刻全力以赴，永远砥砺成长……

时光回到 2018 年，那一年，根据改革部署，泰兴消防部队集体转隶移交应急管理局，承担灭火救援和其他应急救援工作，充分发挥应急救援主力军和国家队的作用。从军装到警服，不变的是泰兴消防的坚守与担当。他们不负人民嘱托，以永不懈怠的精神状态和一往无前的奋斗姿态，重整行装再出发，持续奋斗勇担当，为维护人民生命财产安全、维护社会稳定贡献自己的一切。

2021 年 7 月 20 日左右，河南省遭遇连续的极端强降雨天气。暴雨中心城市郑州发生严重内涝，水库溃坝，河流出现超警水位，防汛形势十分严峻。

人民至上，生命至上。在接到支队跨区域增援郑州市的命令后，泰兴消防大队闻"汛"而动，第一时间集结队伍，准备器材，在大队长卞昌鹏的带领下，携带两套远程供水系统，逆行出征，克难必胜，向着洪水的方向开进，向着党和人民最需要的地方开进。经过数小时的长途颠簸，18 名指战员连夜抵达郑州。短暂调整后，队员们组成青年突击队，夜以继日展开不间断作业。饿了，5 分钟扒完一顿饭；困了，席地就能入睡。在潮湿闷热的环境下奋战，很多队员的脖颈处泛起了湿疹，双腿双脚被积水泡到发白。但是再苦再累，也没有击垮他们抢险救援的心，那是"遥知百战胜，定扫鬼方还"的决心，也是"谓我不愧君，青鸟明丹心"的一片赤诚。沧海横流，方显英雄本色。

在连续奋战的 11 个日日夜夜里，小伙子们心往一处想，劲往一处使，形成了无往不胜的强大合力，圆满完成了 7 个作业点 12 个任务点的抢险排涝任务，累计排水近 20 万立方米，转移被困群众 34 人，有效保护了郑州市人民群众的生命财产安全，彰显了泰兴消防大队甘于奉献、连续奋战、越战越勇的过硬素质。

在老百姓眼中，消防员队伍是听从党的指挥、遵从党的意志、守卫大家平安的一支铁军。他们是防火监督员，学校里、电影院里、商场里、医院里……都有他们的身影，及时发现和消除安全隐患，努力宣传和培训，让更多人都懂得自救的消防知识，用他们自己的方式守护着老百姓的安全；他们是战斗员，在烈火熊熊的火灾现场、在残垣断壁的地震灾区、在洪水滔滔的内涝现场、在狭小封闭的竖井水道，摘马蜂窝、捕蛇、救牛……义无反顾。和平年代，他们默默守护着全国人民的生命和财产安全，守护着每一个家庭的幸福。2020 年 5 月，泰兴城区的自来水管主管发生爆裂，引发城区大面积停水。他们褪去一身厚重的消防服，把"火焰蓝"穿成了城市最美的风景线。协助自来水公司抢修管道，抽调 18 辆水罐车运送 2 万立方米储存水输入千家万户，豆大的汗珠，湿透的衣衫，挺拔的脊梁，担当的铁肩，他们用实际行动践行着"职责以内不含糊，职责以外不推脱"的铮铮誓言，也温暖着老百姓的心房。

没有什么豪言壮语，也没有什么耀眼的光辉，有的只是一份执着和坚守、一份责任和担当。在这支平均年龄只有 25 岁的年轻队伍里，他们用青春和热血向泰兴的老百姓生动地诠释着应急管理人的神圣职责。烈火中，锤炼他们的胆识；危难中，展现他们的胸襟。他们，时刻直面危险，处处面对死亡；他们，解民于困顿，救人于水火。他们用爱心和真诚履行着"有急难险事，找消防战士"的承诺，更是用生命践行了"忠诚可靠，赴汤蹈火，服务人民"的铮铮誓言。

消防救援是应急管理工作的一部分。泰兴市应急管理局自 2001 年组建以来，始终以保障人民生命财产安全为己任，在预防管控上冲锋在前，在应急管理和自然灾害应急救援能力的提升上百炼成钢，锻造出了一支特别能吃苦、特别能战斗、特别能奉献的"安全卫士"队伍。完善责任体系，突出隐患治理，加大执法监管力度，应急管理人用希望扩展希望，用生命激活生活，演绎着一幕幕感人至深的"负重前行"。

如今 20 年过去了，安全监管和应急管理的这支队伍从最初 5 人起步，不断发展壮大，一路风尘几多坎坷，面对挑战迎难而上，面对责任勇于担当，年复一年春去秋来。每一个欢庆喜悦的日子，对应急人都是一次重大的"过关"考验；每一个平安祥和的夜晚，都有应急人不休的脚步、无声的守护；每一次危险来临之际，应急人义无反顾逆行而上，从未缺席。他们无处不在，也无所不能，用拼搏奋斗、无私奉献，忠诚践行"守一方水土，保一方平安"的诺言，谱写了一曲曲无言的壮歌。

新时代，新征程，全体应急人将进一步践行"两个维护"，以习近平新时代中国特色社会主义思想为指引，深入学习贯彻党的二十大精神，在泰兴市委、市政府的坚强领导下，不忘初心，接续奋斗，一如既往发扬"拼的精神"，保持"冲的劲头"，对党忠诚、纪律严明、赴汤蹈火、竭诚为民，以实干诠释情怀，用实绩彰显担当，奋力向治理体系和治理能力现代化迈进，让发展更安全、社会更安定、群众更安心，让泰兴这座幸福城市呈现更为醉人的安泰祥和之景。

他们是应急人，他们时刻为人民奋战！

（泰兴市应急管理局）

蔚蓝的风采

泰兴，有安泰祥和之意，虽依江而起，却凌云志远。这里人文荟萃、百业盛兴，是苏中大平原一颗闪耀的明珠。泰兴市场监督管理局就是这颗明珠上一抹炫目的光芒，闪烁着蔚蓝的风采、忠诚的光辉。

肩扛责任强根基

泰兴市市场监督管理局是全市最早实现机构改革的单位之一，2014年由原工商、质监、食药监局整合而成，后来又陆续划入粮食、价格、盐务等执法职能；2019年机构改革又加挂知识产权局牌子，承担全市知识产权管理工作职能。

众所周知，市场监管局的基本职能主要有4个方面：一是优化营商环境。负责外资企业、个体工商户等市场主体登记注册相关工作，积极推进登记注册审批改革；牵头开展市场监管领域"双随机、一公开"工作，建立健全市场主体信用约束机制；做好放心消费创建工作，依法保护消费者合法权益。二是提升质量基础。推进质量基础和提升工作，牵头组织推动质量强市战略、商标品牌保护、知识产权发展战略、标准化发展战略；规范监督商品质量、市场计量行为和全市产品质量检验检测工作，统一管理全市认证认可工作。三是保障服务民生。实施覆盖食品全链条、全过程的监督检查，承担市食品安全委员会日常工作；负责药品零售、医疗器械经营、使用环节质量安全监督管理；负责对全市特种设备的安全监察工作，推进农贸市场和专业市场的标准化规范运营。四是市场监管执法。指导实施公平竞争审查制度，负责反垄断统一执法；监督管理市场交易、网络商品交易及有关服务的行为，查处价格违法、不正当竞争、违法直销、传销、侵犯商标专利知识产权和制售假冒伪劣、虚假广告等行为，维护市场公平竞争秩序；对食品药品生产流通经营、特种设备安全生产的违法行为进行查处，守护好群众的生命财产安全。工作范围不可谓不广，承担的职能职责不可谓不重，但他们始终牢记质量责任重于泰山，为质量挑起责任的初心。

群众健康保护伞

时代在发展，要求在提高。在构筑食品安全"防火墙"，撑起群众安全"保护伞"上，他们在平凡的岗位上舞出了精彩的生命姿态。

他们在审批登记改革上不断深化，扩大"一照多址"适用范围。开展"让证自己跑"服务，全程网上办理 6066 户，网办率达 73%。深化开办便利店"一件事"改革，半年时间就帮助 578 家便利店当天办结了全部营业执照和预包装食品备案。工作效率提高了，使个体工商户审批登记少跑了腿，内心的愉悦是可想而知的。

为了加强对市场的监管，他们加大重点消费品监督抽查力度，组织开展燃器具及配件、电动自行车及配件等专项抽检，还开展打击整治养老诈骗专项行动，发布摸排通告，检查经营场所近 300 处，立案 5 件。开展民生领域案件查办"铁拳"行动，常态化开展超期未检电梯和面向未成年人开展"无底线营销"等 8 个专项检查，依法从细从严从快查处案件 41 起。强力开展药品安全"雳剑"行动，处置案件共 15 起。他们构建惠民生鲜市场体系，全面推进集贸市场规划新建、升级改造、返租转型工作，持续为创建全国文明城市贡献市监力量。推进计量惠民服务，扎实做好"两免检"工作。消费保障常态在线，自 2022 年以来无理由退货累计 1357 件，为消费者挽回损失约26.37 万元。用情用力为民办实事，让老百姓生活更安心。

企业发展贴心人

企业是市场发展的主体，是经济发展的动力源泉，服务企业就是服务经济社会的发展。市场监督管理局干部职工深入企业进行指导，做好企业发展的贴心人、引路人、守护者、维护者。帮助企业建立完善的商业秘密保护管理制度，泰兴高新区成为泰州市第二批商业秘密保护示范基地，南极机械、晟楠电子、格兰立方能源科技3家公司被授牌为泰州市第二批商业秘密保护示范点。根据"拓市场、上项目、优结构、找合作"的工作思路，主动对接泰兴市城区工业园区，走访调研中兵航联、兴科迪科技等企业，形成共建电连接器产品检验中心基本方案。瞄准市场需求，新建电子停车计时收费检定装置计量标准，进一步拓宽业务范围。市场监管营商环境指标评价2021年全省第一。全市个体工商户总量突破10万户大关，达12万户，增幅43.6%，开通全流程网办率达70%。围绕企业进行深度服务，他们良好的工作作风既为自己树立了形象，更是获得企业的一致夸赞。提升服务促发展，奋勇争先立新功，他们面对压力，不浮躁、不敷衍，而是用敬业爱岗的实际行动，不断开创市场监管工作新局面。

近年来，市场监管系统紧紧围绕"稳经济增长保市场主体"目标任务，持续优化营商环境、强化安全监管、着力质量提升、维护市场秩序，统筹推进疫情防控和经济社会发展，各项工作扎实有序推进，成效明显。先后获全省市场监管系统综合执法、全省药品稽查执法暨"雾剑2021"专项行动先进集体，泰州市消费者权益保护工作、信用监管、药械安全监管、疫情防控工作先进单位等荣誉。

蔚蓝的制服，纯净美好，静谧安详。战斗在市场监管的前沿，挺立起市场监督的脊梁，勇于担当，甘于奉献，奏响了新时代市场监管的华美乐章。

（泰兴市市场监督管理局）

资本市场的泰兴板块

泰兴，寓意"国泰民安，百业兴旺"，区位优势明显，水陆交通便捷，是近海滨江的新兴城市，是长三角经济板块和上海、南京2小时都市圈的重要组成部分。穿境而过的京沪、宁通、宁靖盐高速公路和新长铁路，使得泰兴有着密集的畅通于全国的路网。她和龙海、京广铁路大动脉紧密相连，江阴长江大桥和正在建设中的常泰长江大桥成为连接上海、苏南的快捷通道。泰兴，还拥有着24.2千米的长江黄金岸线资源和国家一类对外开放通用码头以及化工、建材、液化气等专用码头。优越的交通环境和营商环境使得泰兴成为苏中地区经济发展最为迅速的全国百强县，是江苏广袤大地上一颗闪耀的明珠。

泰兴优越的生态环境和交通资源，给创业者提供了施展才华的空间，泰兴实体经济发展迅猛，成为江苏地区乃至全国区县发展的一匹黑马。泰兴这块神奇的土地有着强磁一般的吸引力，让资本市场有了非凡的兴趣和偏爱。

资本市场作为金融资源配置的重要平台，与实体经济紧密联系、互相支撑，在拓宽投融资渠道、激发微观主体创新创业活力等方面具有独特的优势。过去10年，资本市场"泰兴板块"经历了从无到有、从有到优的发展历程，承担着助推泰兴产业转型升级、经济高质量发展的重要历史使命。泰兴市按照"政府引导、企业主导、市场运作"的工作思路，经过10年的探索实践，不断健全完善组织架构、资源培育、政策扶持等工作机制，组建泰兴市地方金融监管局，配备专职人员，负责企业上市工作；成立企业上市工作领导小组，构建市镇两级组织体系；建立企业上市工作联席会议制度，及时研究解决企业上市过程中的矛盾困难；建立完善市级上市后备企业库，储备培育上市资源；出台企业上市奖励政策，对企业上市融资分阶段实施奖励；带领拟上市企业赴交易所、知名高校以及先进地区考察学习，接受专业辅导，拓宽发展视野，提振上市信心，激发了广大企业家登陆资本市场的热情。白天和黑夜见证了勇者的汗水和辛劳，他们为泰兴的经济发展奉献着青春和热血。

上市公司数量是一个地区综合经济实力的具体体现，是衡量地方经济发展水平和市场化程度的重要标志。资本市场成为泰兴市借力培育大企强企的重要平台，更是实现政企双赢的战略之举。努力总会有回报，坚守终将看到升起的朝阳。2013 年 12 月，济川药业经过中国证监会批准借壳上市。随后 5 年，森萱医药、兆胜科技、一鸣生物、晟楠科技、中兵航联、宏基环电等企业陆续在全国中小企业股份转让系统挂牌。2019 年 11 月，锦鸡股份成功在深交所创业板上市，成为注册地在泰兴的第一家本土上市企业。2020 年 7 月，森萱医药作为全国首批企业成功晋升新三板精选层。2021 年 11 月，森萱医药平移至北交所上市，成为泰州首家北交所上市公司。资本市场梯次格局加速构建，"泰兴板块"初步形成。上市企业利用资本市场平台，充分发挥名片效应，通过资本市场实现股权融资 53.54 亿元，实现了企业做大做强，吸引了更多的产业高端技术、人才和资源，全面增强了泰兴的城市竞争力，促进了泰兴产业和经济的发展。

新的时期，产业结构调整让经济格局也随之发生变化，历史的机遇又一次来到泰兴人的面前。经济转型的主体是企业，如果没有企业的转型发展，就谈不上经济的转型升级，而资本市场正是促进企业转型的天然孵化器和推进器。泰兴人坚定信心、敢抓机遇、主动作为，推动泰兴企业上市工作实现更大突破、取得更大成效，必将在新时代的重大历史机遇期谱写资本市场"泰兴板块"新的篇章。有这样的干劲和闯劲，未来的泰兴怎能不创造更多辉煌的成就。

当你走在泰兴坚实的土地上，走在泰兴"三区三园"宽阔的大道上，看着一座座整齐的标准厂房，看着企业内忙碌的人群，看着一个个集装箱从码头走出国门、走向世界，你会惊叹泰兴发展后劲如此迅猛和有力，你也会惊叹泰兴日新月异的变化。泰兴，正扬起新时代的风帆，正张开腾飞的翅膀，向着理想，向着美好未来，奋勇前行！

（泰兴市地方金融监督管理局）

不一样的"娘家"

在单位工作的人，大多和工会有着千丝万缕的关系。因为工会是职工之家，是职工心中的依靠，总有着充满人情味的关爱，在点滴之中溢满了真情。

具体到工作中，有困难、有压力会想到向工会寻求帮助。岗位培训、技术比武、生产竞赛，工会在这些活动中总是重要的组织者，让你学到最新技术，增长新的本领，也能获得闪亮的荣誉。工会不只是组织，还是平台，让想干事的人有机会，肯干事的人有舞台。

生活中，职工们家里的红白喜事、大病小灾，总会看到工会同志走访慰问的身影。夏天到了，在炽热的生产一线，工会组织人员给一线职工送清凉、送安全、送法律；生产高峰期，加班的夜晚，工会送来美味的晚餐。不仅如此，生活中有了困难，工会还会对家庭陷入困境的职工给予帮扶、给予关怀。

工会就是广大职工名副其实的"娘家"。

"娘家"的荣誉

泰兴市总工会把职工的利益放在工作的首位，一心一意为职工服务，把涓涓细流汇成大爱滋润着职工的心田。多年来，市总工会每年都会召开庆祝"五一"国际劳动节暨劳模工匠表彰大会，为劳动模范授奖、表彰和命名。组织开展各种职工演讲比赛和"职工文化大舞台"基层行活动，不断丰富职工群众的精神文化生活。先后被全国总工会表彰为"工会财务工作先进单位""全国'安康杯'竞赛优秀组织单位"；被泰州市人民政府命名为"文明单位"；市职工服务中心被评为"全省推动厂务公开民主管理工作先进单位"，获泰州"五一劳动奖状";快递(送餐)小哥"圆梦筑家"行动得到国家邮电工会黄敬平副主席,江苏省人大常委会副主任、党组成员、省总工会主席魏国强的点赞和批示;选送的视频节目《车轮上的梦》入选全国职工网络春晚并获文艺节目组一等奖。

"娘家"的温暖

"快递小哥""送餐员""货车司机"是新经济业态下的新时代产业工人,是活跃在大街小巷的一道亮丽风景。维护和保障他们的权益,解决他们的职业困境,也是新时期产业工人队伍建设改革的重要内容。泰兴市总工会以"圆城市跑男梦,筑快递小哥家"为主题,推出"党工共建、教育培训、技能比武、驿站建设、能级协商、扶贫帮困"六大行动,从顶层设计、制度建设、社会关爱等多方面聚焦新就业形态从业人员,破解快递员、送餐员、货车司机等新就业形态劳动者权益保障难题,构筑温馨的"快递小哥(送餐员)之家""货车司机之家"。

每隔一段时间,工会组织都会通过座谈会、走访等形式,倾听了解快递小哥所需。当得知快递员工作中遇到的交通安全、停车难等问题,市总工会立即给公安交警部门发出建议函,建议在需求量大的商圈、医院等区域划设快递(送餐)车辆专用停车位,借鉴外地做法为快递(送餐)车辆发放统一标识,处理违章"柔性化"执法等。当得知部分小区阻挠快递小哥、送餐员进入时,立即与辖区内10余家相关小区物业公司进行协商协调,帮助解决了困扰已久的问题。

"工会就是我们的'娘家',不仅对我们知冷知热,而且我们的诉求能得到很快回应。"快递(送餐)员们激动地说。

工会的主责主业是维护职工合法权益,竭诚服务职工群众。他们真正履行职责,把自己当作职工的贴心人。

为了打造15分钟"惠工暖心服务圈",泰兴市总工会投入资金,在原有驿站维护、提升的基础上,重点建设24小时不打烊"惠工暖心驿站"。各类驿站作用发挥明显,有效解决了户外劳动者工作的后顾之忧,驿站服务对象超过 10 万人次。同时，泰兴市总工会还在企业推动"爱心妈咪屋""康乃馨驿站"建设，解除女职工后顾之忧。

开水饮用、手机充电、饭菜加热、歇脚休息、遮风挡雨、避暑避寒……快递小哥、货车司机、农民工等新就业形态劳动者无论何时，只要有需求，随时都可以走进身边的"惠工暖心驿站""小哥驿站""城市港湾"享受免费服务。这里不仅为他们提供免费的休息场所，还成为他们学习和工作进步的"加油站"。这些户外劳动者爱心驿站都设立了读书角，免费提供报刊阅读服务，让职工及时了解工会动态、关注社会热点、学习法律法规知识等。

"娘家"的力量

关爱新就业形态劳动者，不仅要建会，还要建家。近年来，泰兴以"党工共建+"为抓手，推动党务、业务、服务"三务"深度融合，迅速组建功能性党组织"泰兴快递行业第一党支部"，并在全市范围内开展各类新就业形态群体建会建家行动，陆续成立了泰兴市保安行业工会联合会、泰兴市快递（送餐）行业工会联合会、泰兴市家政服务行业工会联合会、泰兴市道路货运行业工会联合会，分别在各行业工会建立工作群，发展入党积极分子。截至目前，全市保安、快递（送餐）、家政服务、道路货运行业入会率均达 100%，4 个行业党支部已拥有正式中共党员 417 人，预备党员 33 人，发展入党积极分子 194 人。

在建立工会的基础上，考虑到新就业群体东奔西跑的职业特点，泰兴市积极整合现有资源，从泰兴主城区向乡镇拓展，打造各类户外劳动者"惠工暖心驿站"，健全"E 站"网络。在为新就业形态劳动者免费提供补给服务的同时，还将提高此类从业人员的业务技能纳入其中。通过"惠工空中课堂"、技能竞赛、技术比武、岗位练兵、安全培训等活动，加强对新就业形态劳动者的职业技能培训和安全生产教育。3 年来，全市已有 482 名职工通过各类技能培训、技能竞赛等活动获得高一级职称，7 万多名新就业形态劳动者接受过专业安全生产培训。

泰兴市总工会积极开展普惠服务，重点关注特殊群体，经常组织节日送温暖活动，向困难职工送去春节大礼包和慰问金，吸引社会资金用于爱心助学，资助困难职工家庭子女，让他们安心接受教育，真心实意把温暖送到职工手中。常态化组织开展"劳模工匠进校园，思政教师进企业"宣讲活动，邀请劳模工匠、思政教师分享自己的奋斗历程，帮助广大职工群众、师生群体自觉践行社会主义核心价值观，传承劳动精神、劳模精神、工匠精神。

岁月如歌，高唱着工会"娘家"的荣光；征途如虹，召唤着他们再创辉煌。在一个个故事、一幅幅画面、一组组数字的见证下，工会人交出了一张张令人满意的答卷。我们有理由坚信，泰兴市总工会必将在新时代新征程上，砥砺奋进，勇毅前行，续写新的华章。

工会，就是我们职工的"娘家"！

（泰兴市总工会）

供销社的变迁

20 世纪 80 年代以前出生的人，不知道供销社的不多。供销社，曾经是人人向往的好去处，风光无限人人羡慕。有这样一句顺口溜足以印证供销社的地位之高：方向盘，听诊器，营业员，拿啥都不换。

谈及曾经的供销社，它遍布乡村街道，是一个时代最重要也最典型的商品供应渠道。不知从何开始，供销社貌似从人们的视野里消失了。

"去供销社？现在哪里还有供销社。"假如你打出租车说要去供销社，出租车司机一定感到诧异。但在看到导航显示的约 1000 米外的目的地后，司机说不用开导航了："我天天在市里面转，那条路我熟，但真没注意过有供销社。"

2015 年《中共中央国务院关于深化供销合作社综合改革的决定》（以下简称《决定》）出来后，供销社就启动了综合改革。确定了 100% 的乡镇和 70% 的行政村要恢复基层供销社，但形式是多样的，比如综合农业服务中心、综合惠农服务中心，核心是增加村集体经济收入，是作为乡村振兴战略的一个方面布局，并不是突然才搞起来的。

供销社改革要求认真落实中央、省委、市委"一号文件"精神和市委建设乡村振兴示范市的工作部署，全面开展生产、供销、信用"三位一体"综合合作试点，统筹推进"联结到户、服务到户"，切实发挥供销合作社的合作经济组织优势。该方案强调实施中坚持四个基本原则，就是坚持服务产业发展、助推乡村振兴，坚持联合合作、融合发展，坚持市场主导，创新现在供销社的主要任务。其实是解决谁来种地的问题，也就是支持农村的种养大户流转闲置土地，种粮种菜。《决定》强调供销合作社要把为农服务放在首位，要求"创新农业生产服务方式和手段"。围绕破解"谁来种地""地怎么种"等问题,供销合作社要采取大田托管、代耕代种、股份合作、以销定产等多种方式,为农民和各类新型农业经营主体提供农资供应、配方施肥、农机作业、统防统治、收储加工等系列化服务,推动农业适度规模经营。基层供销社则提供农技农机服务,提供质优价平的农资产品,并利用供销社的流通优势,打通"农产品上行",帮助农民把农产品销出去。

供销合作社作为党领导下的为农服务的综合性合作经济,党的十八大以来,以习近平同志为核心的党中央高度重视供销合作社的建设,供销合作社跨入一个新阶段。面临新的发展机遇,泰兴市供销合作社主动担责,参与了农村现代流通网络建设、脱贫攻坚战和绿色生态建设。为农服务的阵地不断巩固,开展农业社会化服务的功能不断完善,擦亮服务"三农"金字招牌,逐步形成具有时代特征、泰兴特色、供销合作社特点的"泰兴经验"。他们持续加大资产盘活力度,为基层供销社改革发展积蓄动能。高效实施基层建设项目。惠农科技公司投资290万元推进二期工程,新建综合大楼集农产品展示、信息服务、农副产品仓储、庄稼医院和农产品质量检测等多功能于一体,提供涵盖农业生产全流程的"一站式"服务。通过开展农业社会化服务,拓展经营性服务项目和公益性服务项目,搞活农产品流通,强化为农服务能力。配齐功能、积蓄动能、发挥职能,泰兴市供销社开拓了一条新的服务之路。

随着电商行业的蓬勃发展,发展农村电子商务,稳步推进国家级电商进农村综合示范项目,成了泰兴供销社新的工作热点。花大力气建设农副产品电商服务中心,集成推进农村电商供应链体系建设。启动农村电商冷链仓储体系建设,在临近城区、高速出口地段建设超大容量的冷链仓储基地,持续推进农副产品上行。同时,加大对农业产品的销售培训,组织市内冷链仓储企业加大收储力度、组织职工义购、联合电商企业直播带货等。开展农餐对接、农超对接,组织泰兴农特产品走进市级机关食堂,让泰兴农副产品"从田间到舌尖"。他们发力推进镇村电商展示展销中心建设,打造电商特色村,推动农产品走上"云端"。整合邮政、交通运输、商务、农业等各方资源,引进物流企业参与,集约化、节约化建设泰兴市冷链仓储体系和电商物流体系,实现全程冷链运输、全市范围内一小时送达的目标。"乡村是个很大的市场,过去比较多的可能就是供应，保障种子、化肥这些农资。那么现在应该去解决（农产品）销这个重点，供销社要有这个担当。"供销社的同志举例说。农村"最后一千米"物流交通的问题，如果供销社带头进去了，电商很多农产品的出和消费品的进就方便多了。"现在我们购买农产品，又新鲜又足秤，下单以后一会儿就能送到，供销社的电商服务真的高效。"一个单位食堂采购员开心地竖起大拇指。

供销社在承担农资保供、建设县域物流、发展农村电商、促进农民增收、美化乡村环境、巩固执政基础等多个方面积极作为，让自己的品牌效应不断扩大。他们践行供销合作社为农服务根本宗旨，内化于心、外化于行，坚持以党的建设引领深化综合改革，在党的建设新的工程中打造新特色、新亮点。牢固树立以人民为中心的发展思想，始终把人民对美好生活的向往作为奋斗目标，将人民至上理念落实到工作的各领域、各环节，确保人民群众的获得感、幸福感、安全感更加充实、更可持续。供销社就像一个供与销的枢纽工程，它把农民们日常需要的货物运进来，又把农产品从乡村运出去，这一供一销就把村民的心连在一起了。

岁月匆匆，时光如织，新时期的供销社会统筹全国财力应对各种危机，既能平抑物价，又能惠民，而且可以提高战备水平，抵御各种风险。供销社的存在，不仅能有效缩小贫富差距，充分惠及民众，还能增强民众对中国体制的自信和认同感。

光阴的故事里，有供销社昨天的荣光，也一定有明天的辉煌。

（泰兴市供销合作总社）

杏林一枝春

"山再高，往上攀，总能登顶；路再长，走下去，定能到达。"2022 年，对于泰兴市人民医院来说，是不同寻常的一年。这一年，泰兴市人民医院通过评审，正式成为三级甲等医院，这也是苏中、苏北地区唯一一家县市级人民医院，标志着几代"人医人"的梦想终于成真。

泰兴市人民医院始建于 1934 年，从创建初期的 6 间由民房改建而成的医疗用房，到现在的集医疗、教学、预防、康复于一身的三级甲等综合性医院，88 年来，"人医人"始终坚持生命至上、人民至上，坚持公立医院的公益性，持续奋斗开创事业。特别是撤县建市 30 多年来，随着国家加大民生事业投入，医院更是发生了翻天覆地的变化。

1999 年，14 层病房大楼投入使用；2007 年，建成并使用 22 层综合大楼；2017 年，新区院区投入使用。2020 年 12 月医疗综合大楼的破土动工，标志着泰兴市人民医院迈上新的征程。精诚医人、厚德济世，88 年激情岁月，铭记着"人医人"团结奋斗、拼搏进取的历程，他们修医德、强医能，忠诚践行"敬佑生命、救死扶伤、甘于奉献、大爱无疆"的新时代职业精神，为守护泰兴百姓的健康筑起了一道坚实屏障。

坚守高品质医疗，为夯实专业功底递交"考卷"

医疗技术水平是一家医院生存的根本，科研创新能力是医院持续稳定发展的内在动力，泰兴市人民医院领导班子深知病人选择医院、医生，很大程度上是基于对医院的信任，这种信任从何而来？来自医院的技术实力、业务水平、科研创新能力。

根据《医疗技术临床应用管理办法》及《关于公布江苏省限制临床应用的医疗技术目录（2017 版）的通知》（苏卫医政〔2017〕36 号）等文件要求，截至目前，泰兴市人民医院获批可开展的国家和省限制类医疗技术项目数目达 41 项，比例达 58.82%。其中，放射性粒子植入治疗技术为泰兴市人民医院首项通过备案的国家级限制类医疗技术，实现了零的突破。

西方医学奠基人希波克拉底曾为后世医师留下警训："医学干预首先必须尽可能无创伤，否则，治疗效果可能比疾病的自然病程更差。"普外科、泌尿外科从 1995 年开始在苏中、苏北地区率先开展腔镜技术，自此，泰兴市人民医院开启了现代医院全新"微创"时代。妇科常规开展腹腔镜、宫腔镜等腔镜技术；心内科的冠脉介入诊疗手术、心电生理检查和心律失常消融手术、起搏器安置术；消化内科、内镜中心 ESD、ERCP 和 POEM 等内镜下的微创手术；神经内科和介入科联合开展的神经介入手术，如颈动脉椎动脉支架植入术、急性缺血性脑卒中动脉内溶栓取栓术、颅内动脉瘤栓塞术等；心胸外科开展的体外循环下心脏手术，如冠状动脉搭桥和双瓣置换术等，都极大地降低了患者的痛苦，实现了疗效最大化。

2019 年，泰兴市人民医院入选第一批国家级镇痛分娩试点医院，开展 24 小时镇痛分娩，无痛分娩率大于 40%，近 3 年实现孕产妇零死亡，新生儿医源性零死亡。

加快学科建设，打造学科品牌，泰兴市人民医院走出了一条适合医院自身发展的特色之路。医院现有省级临床重点专科 5 个，泰州市重点学科 4 个，泰州市临床重点专科 28 个，硕士点 15 个。成立了五大急救中心，胸痛中心创建成国家标准版胸痛中心，房颤中心创建成国家标准版房颤中心，卒中中心创建成国家脑防委防治示范中心，创伤中心成为江苏省创伤救治联盟理事单位，高危孕产妇中心、高危新生儿中心均为市级中心。肾内科成为江苏省血液透析培训基地，腹透工作得到国家卫健委领导的高度肯定。先后设立了"葛均波院士心脏内科工作站""夏照帆院士整形烧伤科工作站""大国工匠周平红教授内镜工作站"和"肾脏病学专家刘必成教授工作站"，标志着泰兴市人民医院的学科建设跨上了新的高度。在 2020 年度艾力彼全国县市级医院排行榜中，泰兴市人民医院综合实力居第 12 位，泰兴百姓足不出市就可以享受到国内、省内最先进的诊疗技术。

践行医者担当，为医院转型升级舒展"画卷"

县级医院要突围而出，必须迎难而上。本着对新一代年轻医生职业发展负责、对医院医疗质量和患者安全负责的宗旨，泰兴市人民医院自觉承担起住院医师培训工作。经过多年不懈探索，泰兴市人民医院住培模式已日臻完善，2017 年成为国家住院医师规范化培训基地，为本院、为社会培养造就了大批高素质的住院医师。在师资建设方面，建立了一套职业化和国际化师资培养体系，促进医学教育质量的全面提高，其中，207 人获院级师资证书，他们以精练实用的理论课程和涵盖传统教学规范、创新教学模式，培养适应临床工作的实用型人才。医院还定期举办住院医师医患沟通培训班、病历书写竞赛、读书报告会等活动，鼓励学员参与临床研究，开拓科研思维。强化住院医师临床能力训练，从急救技能、四大穿刺、外科操作、体格检查、心电图与影像判读、病历书写等方面进行全方位培训。近年来，泰兴市人民医院还承担了扬州大学、蚌埠医学院和南京医科大学康达学院等多所医学院校的本科班教学和硕士研究生培养任务。现有临床硕士点 15 个，硕士研究生导师 26 名，已完成培养毕业的硕士研究生 25 名，目前在培 21 人。

人才素质直接关系到医疗质量与医院整体水平，是技术进步的助力器。医疗行业是一个高技术、高风险、高压力、知识密集型行业，对其从业人员的素质要求较高。泰兴市人民医院加大智力投资和知识更新力度，有计划地选送中青年医护人员去上级医院进修。制订人才培训计划，坚持普遍提高和重点培养相结合，科内学习与院内讲座相结合，基本功训练与专业知识培训相结合，请进来与走出去相结合，多层次、多渠道加强广大医务人员的业务技术培训，培养了一批优秀的学科带头人和技术骨干。经过多年发展，重视知识、尊重人才已成为泰兴市人民医院不可缺少的一部分。全院在职职工 2000 多人，高级职称 466 人，其中博士 40 人、硕士 219 人，享受国务院政府津贴专家 4 人，省、市突出贡献专家 17 人，省"333 工程"培养对象 12 人，泰州市"311工程"培养对象47人。近5年获得各类科研课题项目88项，其中，国家自然科学基金青年项目2项、省厅级以上16项、泰州市级22项、高校及其他项目48项。科研项目获奖共73项，其中，获省卫健委新技术引进奖5项、泰州市级37项、泰兴市级31项。获专利21项。共发表论文1308篇，其中，SCI期刊收录71篇、中华系列期刊102篇、核心期刊443篇。共承办各级继续教育项目114项。

强化党建引领，推动医院高质量发展书写"答卷"

泰兴市人民医院全面加强党的建设，牢牢把握正确的政治方向，坚定不移落实党委领导下的院长负责制。健全和落实《党委会议事规则》决策制度，规范开展组织生活，定期召开领导班子民主生活会。深入推进"两学一做"学习教育制度化常态化，认真组织"不忘初心，牢记使命"主题教育，深入开展党史学习教育活动。抓好党支部日常管理，定期开展支部工作考核考评。履行全面从严治党主体责任，做好全程纪实工作。认真落实意识形态工作责任制，努力办好院报、网站、微信公众号等自媒体平台，宣传正能量，《泰兴市人民医院院报》获泰州市优秀院报奖。

通过党建与业务融合发展，引领现代医院管理制度建设，改善医疗服务和诊疗环境，保证医疗质量与安全，推动科教研创新提升，推动学科建设发展，在医联体建设、绩效改革、医院文化建设等方面都取得开拓性进展。

医德医风事关行业形象，事关群众切身利益，事关医疗卫生事业发展。泰兴市人民医院始终涵养"以百姓心为心"的为民情怀，恪守医德医风医道，当好人民健康的"守护神"。将医德医风工作纳入科室综合目标考核体系，签订《党风廉政及行风建设责任书》，连续7年开展第三方满意度调查，对全体医务人员建立医德考评档案，考评结果直接与提拔任用、职称晋升、评先评优等挂钩。全面落实护理质量与安全目标管理，护理质量持续改进，门诊迎送病人组在导医中实现一对一或多对一定向帮助，轮椅组为年纪较大或行动不便的患者提供免费轮椅服务，还有新冠疫情期间ICU推出的"云探视"温情探视服务。

筑牢思想防线，坚持打造廉洁自律的服务队伍，充分发挥党员"领头羊"作用，保持艰苦奋斗、努力拼搏作风。从自身做起，从小事做起，树立正确的价值观，严于律己，自觉守住底线，不断提升党员志愿服务的专业化水平，每月固定日组织博士专家团队开展志愿服务，构筑为民服务"连心桥"。

风正时济，当破浪扬帆；任重道艰，更需砥砺奋进。回首过去，市人民医院在泰兴卫生与健康事业发展史上留下了浓墨重彩的一笔。展望未来，泰兴市人民医院将始终坚持做人民健康的"守护人"，为建设健康泰兴做出新的积极的贡献。

岐黄之术，杏林春暖。88 年磨一剑，风雨未曾阻挡，愿你乘风破浪，不负韶华时光。

（泰兴市人民医院）

黄桥有座未来健康产业城

这两天，身临中国唯一的"中国生物发酵与未来食品城"，映入眼帘的是一派繁忙的景象：

作为产业孵化中心首家进驻的企业，多鲜食品（泰州）有限公司正在安装调试烘焙生产线，月底就可批量生产。

作为城内规格最高的中坚机构——生物发酵与未来食品产业研究院，内外部装修已接近尾声，正在添置相关的试验检测设备，不久即可开门营业……

"研究院的建成运营，标志着中国生物发酵与未来食品城的建设取得了实质性进展和突破性成效。"身为中国生物发酵与未来食品城的主人——江苏泰兴黄桥经济开发区党工委书记、管委会主任邵鸣对此感到十分欣慰。

在邵鸣看来，中国生物发酵与未来食品城的筹划和建设，不仅对黄桥、黄桥经济开发区来讲具有标志性意义，更为新泰兴"建功新时代、苏中争第一"奠定了坚实的产业基础。

建城，源于一份使命担当

当人们早已超越温饱，越来越多的消费者更倾向于取材天然的产品，膳食与健康在世界范围正引起前所未有的关注。

未来人类吃什么、怎么吃？

面对这一世界难题，黄桥经济开发区人站在时代的前沿，把握产业的未来；站在产业的高度，思考食品的走向。他们充分利用发酵技术，和科学家们一道积极探索，掀起一场绿色革命，不断更新人类的食物清单，让人们由吃得饱、吃得好向吃得营养、吃得健康转变。

全国"两院院士"大会提出了"'十四五'打赢食品产业关键技术攻坚战，实现这些领域高水平的科技自立自强，加强变革性技术开发和战略力量建设，抢占食品科技和产业的世界制高点"的总要求。

要求就是使命，使命必有担当。

"我们捕捉到了发展未来食品的政策机遇。"邵鸣说，在开发区骨干企业——泰兴市东圣生物科技有限公司的牵引带动下，主动谋划"中国生物发酵与未来食品城"建设。

接着，开发区一班人马不停蹄赶赴北京、无锡等地，聘请到了国家"十四五"未来食品课题组组长、国家 2035 食品专题研究总体组组长、中国工程院院士、原江南大学校长陈坚和中国生物发酵产业协会名誉理事长石维忱为特聘顾问，聘请江南大学原副校长金征宇教授担任黄桥生物发酵与未来食品产业研究院院长，聘请江苏省生物发酵特色产业总链长、江南大学生物工程学院许正宏院长为研究院特聘顾问。

"建设中国生物发酵与未来食品城，必须按照'特色鲜明、国内一流'的定位方向，建好产业发展研究院，引入高质量企业、培养初创型企业，以高水平的产业技术、高质量的产业结构，让中国黄桥生物发酵与未来食品城在中国代表世界趋势、在世界代表中国水平。"陈坚院士对黄桥寄予厚望。

"我们把筹备建设中国生物发酵与未来食品城的想法和生物发酵与未来食品产业链的建链方向，第一时间向中国生物发酵产业协会领导做了汇报，得到了协会领导的高度认可。"邵鸣说，协会在充分调研的基础上，于 2020 年10 月份正式发文批准黄桥经济开发区筹建中国生物发酵与未来食品城。

中国黄桥生物发酵与未来食品特色产业发展规划评审会

2020 年 11 月 17 日，协会领导带领江南大学、天津工业大学等国内 10 多所高等院校的专家教授齐聚黄桥，对中国生物发酵与未来食品城的规划建设进行专题研讨

中国生物发酵与未来食品城中期建设评审会

2021 年 11 月 8 日，来自国内生物与食品行业领域的 20 多名专家教授、企业家齐聚黄桥，对中国生物发酵与未来食品城中期建设进行评审，共商中国生物发酵与未来食品城的发展大计，共谋中国生物发酵与未来食品城的建设方略，共绘中国生物发酵与未来食品城的美好蓝图

"在黄桥布局生物发酵与未来食品产业，能够从根本上改变传统产业发展的模式，更好地引领和带动区域经济的发展。"作为产业研究院的特聘顾问，江南大学生物工程学院许正宏院长说，生物发酵与未来食品是一个高技术含量的产业，必须保持定力，创新价值链和产业链，多维度引进和培育上中下游企业。

目前，黄桥经济开发区正按照"特色鲜明、国内一流"的定位方向，发挥资源优势、科技优势、政策优势，以高水平的产业技术，高质量的产业结构，建设中国生物发酵与未来食品城。

造城，锚定规划十年一剑

"在黄桥建设中国生物发酵与未来食品城，必须用发展的眼光，利用好自身和周边高等院校的技术优势，用好产业协会这座'桥'，采取协同创新模式，打造中国生物发酵与未来食品产业硅谷。"天津科技大学校长路福平教授对黄桥经济开发区提出中肯建议。

"建设中国唯一的中国生物发酵与未来食品城，黄桥已经准备好了。"对此，邵鸣很是自信。他说，黄桥有三个方面的优势：

一是良好的产业基础。

黄桥传统食品产业发达，黄桥烧饼更是名扬天下。为加快推进传统产业转型升级，近年来，黄桥经济开发区瞄准高附加值生物发酵和高端未来食品方向，聘请中国工程院院士陈坚领衔，一批高校院所支撑，致力打造以食品添加剂、功能糖、未来食品为主的生物发酵与未来食品特色产业链。

目前，产业链关联企业 30 余家，培育了东圣生物、诺兴生物、营康营养、益民肉制品等一批骨干企业。其中，东圣生物科技有限公司研发生产的 TG 酶产品，占全国市场份额的 60%，占国际市场份额的 30%，处于行业龙头地位。

二是超前的发展规划。

开发区按照"一院二核三支撑"的布局，实施中国黄桥生物发酵与未来食品城"3113 工程"，即"总规划面积 3000 亩，总投资不低于 100 亿元，产值规模不低于 1000 亿元，税收不低于 30 亿元"。其中——

"一院"为生物发酵与未来食品产业研究院，涵盖行政、办公、科研、创业服务等功能；

"二核"为两个核心园区，即高附加值生物发酵核心园和未来食品生产核心园；

"三支撑"为高等级的基础设施支撑、高精专的前沿产业科技支撑、高效能的营商政策配套支撑。

三是高层次的发展平台。

开发区注重多层面多层次开展产学研合作，推动特色产业的发展要素集聚。2020 年 10 月，开发区与中国生物发酵产业协会达成战略合作协议，共同打造中国生物发酵与未来食品城。

2020 年 11 月，泰兴市人民政府与江南大学签订全面合作协议，在人才培养合作、推进科研成果转化等方面开展战略合作。

鼓励企业与高校院所联姻。目前，开发区企业与中国科学院、上海交通大学、江南大学、南京农业大学等高校院所保持着长期合作关系，建立了 1家院士工作站、1 家生物研发联合研究院、4 家省级以上研发机构。

同时，在科技部的大力支持下，设立生物发酵产业科技成果转化基金，首期转化基金规模为 2.5 亿元。

2021 年 6 月 3 日，"中国生物发酵与未来食品城"正式在黄桥经济开发区揭牌，标志着中国生物发酵与未来食品城进入实质性建设阶段

"生物发酵与未来食品产业既是战略性新兴产业，也是朝阳产业，科技含量高、附加值高、市场潜力大、带动性强，必须保持定力，久久为功。"邵鸣表示。

成城，头部汇聚特色引领

生物助推科技，发酵引领未来。

"建设中国生物发酵与未来食品城，必须在高起点上加以思考和谋划，处理好定位与建设的关系、传统与创新的关系、产品与产值的关系、现在与未来的关系，思考谋划要有前瞻性，在特色上做文章。"黄桥生物发酵与未来食品产业链特聘顾问、中国生物发酵产业协会名誉理事长、中国轻工业联合会副会长石维忱，建议黄桥这样造城、建城、成城。

"走过路过，千万不要错过。请大家多在黄桥看看、寻求商机，在中国生物发酵与未来食品城抢占一席之地。"在 2021 年 7 月份由江苏泰兴黄桥经济开发区承办的 2021 全国生物制造与未来食品前沿技术高级研修班结业仪式上，人力资源和社会保障部人事服务中心副主任、中国继续工程教育协会秘书长刘敏超向全体学员发出中肯建议。

"办班的目的，是结识业界的企业家、投资者和科技大咖，在互动交流中捕捉信息、寻求商机。"邵鸣说。

为办好 2021 全国生物制造与未来食品前沿技术高级研修班，黄桥对中国生物发酵与未来食品城进行了全面系统规划和推介——

这是一座英才汇聚的科技之城。

院士领衔，协会助阵，特色产业特聘顾问倾力加盟，一批行业专家、顶尖人才纷至沓来，智创未来；科研领航，学院云集，与江南大学形成全面战略合作，与中国科学院、上海交通大学、南京农业大学等高校院所相继牵手，构筑智库，为产业发展提供不竭的智力支撑。

这是一座开放包容的创新之城。

作为"国家外贸转型升级基地"，黄桥聚合优势，协同创新，建成产业研究院，研究院注册成立股份有限公司，由政府注资、院校技术入股、民营资本参股，研发经费包干使用，打破层层审批、件件报批的行政化藩篱，科研人员在实现梦想的同时，无须承担任何资金廉政风险。设立生物发酵与未来食品产业专项基金，为项目研发、产业发展提供永续的资金支持。

这是一座宜业宜居的魅力之城。

只要你有梦想，黄桥就有舞台。开发区依托产业研究院，建设产业孵化中心，为产业或项目投资人提供中试平台和配套服务，形成"公共检测—应用基础研究—核心技术转化—产业化示范"的生物发酵与未来食品产业创新体，企业和项目拎包即能入驻。

全方位的宣传和推介，吸引了一批国内业界大咖和头部企业汇聚黄桥、报名研修。

"为期5天的全国生物制造与未来食品前沿技术高级研修班，吸引了包括18家上市公司、16家头部企业高管在内的70多家国内知名企业代表前来参加研修，好多企业表达了强烈的进驻愿望。"邵鸣说，先后有5个落户中国生物发酵与未来食品城的项目成功签约，总投资14亿元。这些项目，均契合生物发酵与未来食品产业发展方向，更契合健康中国发展战略。

2021年7月15日，中国生物发酵与未来食品城落户项目签约仪式现场，
5个落户中国生物发酵与未来食品城的项目成功签约

据介绍，签约落户的 5 个项目中，实体产业项目 4 个，其中多鲜食品（上海）科技有限公司一下子签约落户了 3 个产业项目，分别是投资 1.58 亿元的卡士达酱料生产项目、投资 8900 万元的高端烘焙食品生产项目和投资 7180 万元的未来特需食品生产项目。

"投资黄桥，就是投资未来。"多鲜食品（上海）科技有限公司董事长桂军福对在黄桥投资充满信心。

2022 年 8 月 9 日上午，华熙生物科技股份有限公司董事长兼总经理赵燕带领公司高层一行 4 人，到黄桥经济开发区参观考察，决定在中国生物发酵与未来食品城建设打造华熙生物功能性食品产业长三角生产基地。

扬梦想之帆，创无限未来。中国生物发酵与未来食品城，繁荣的是一个产业，承载的是一个梦想。

黄桥经济开发区响应"健康中国"战略，以非凡之智，用非常之策，在梦想与未来交织的时空里，奋力打造具有国际影响力的未来食品健康产业高地，一座百亿级乃至千亿级、万亿级的特色产业之城正在黄桥这块热土上傲然崛起，向着"领跑国内、领先国际"的目标奋进。

（泰兴黄桥经济开发区）

梦想和未来的摇篮

无论是阳光明媚的春天，碧空万里的夏日，还是细雨迷蒙的清秋，薄雾弥漫的初冬，你都会喜欢走在泰兴高新区宽阔的道路上，欣赏着两旁苍翠欲滴的树木，呼吸着清新无比的空气，看整洁干净的企业里忙碌有序的人群，那种视觉的惬意会让人感觉整个世界是那么祥和美好。

江苏省泰兴高新区成立于 2008 年，园区规划总面积 28 平方千米，2016 年获批省级开发园区。泰兴高新区位于泰兴城区东侧、京沪高速出入口处，先后被批准为国家级环保服务业试点园区、省级环保科技产业园、江苏省特色产业集群。这里不仅有着风光绮丽之美，更是实现人生价值的创业宝地，是青春筑梦的乐园。这里也洒下了高新区人辛勤的汗水，凝聚着奋斗的梦想。

扛旗争先　不负春风

坚持"党建红"，助燃"发展红"，高新区人把忠诚信念熔铸心头，扛起党建领航旗，扛起创新发展标杆旗。他们站位全市大局，向科创领跑要发展领先，要挑重任；围绕产业提质，向结构优化要质量效益，要探新路；聚焦产城相融，向友好城市要品质魅力，要走在前。

举目已觉千山绿，宜趁东风马蹄疾。坚定更高站位，聚力扛起创新引领发展真担当。面对日益激烈的角逐进位压力，高新区突出"生态美、业态优、形态新"，狠抓"人才、科技、创新"核心竞争力。成功入选国家生态环境导向的开发（EOD）模式试点；创成中国产学研合作创新示范基地、省级留学人员之家。2018 年凤栖小镇被列入省级特色小镇创建名单，小镇建设获 2019

年度泰州市"骏马奖"，连续多年在全省考核中获得优秀等次，并两次入选全国特色小镇50强。高新区荣获2021年度泰兴市开发园区综合考核三等奖；在泰州"三比一提升"A档园区专项考核中获评第二等次；全省高新区年度创新驱动发展综合评价排名再前移5位，位列29名。在全省高新区考核中，两年快速前移10名。一个个获得的荣誉，一个个取得的成就，都是高新区人共同努力的成果。

砥砺奋进　干在实处

坚持"干"字当头，"实"字为要，既定的事快速干，提高站位抓落实。困难的事坚持干，对标对表抓落实；跨界的事创新干，固优补短抓落实，让各级部署要求和社会各界殷切期盼在"高新"热土开花结果；把宗旨情怀、园区情怀融入血脉，常规的事特色干，苦干巧干抓落实。高新区人有着一张蓝图绘到底、一门心思干到底的韧性。

知责更要负重，求进更要笃行。他们抢抓省级高新区创新驱动综合评价办法修订新机遇，系统谋划，锻造长板、拉长短板，在省级高新区考核两年提升9名的好势头下，努力向中上游奋进。准确把握"全域"新要求，加快形成以骨干优势、高新技术和科技中小型企业等为主体，"苗圃+孵化器+加速器+中试基地+产业园"为载体，科技服务业为支撑的科创新局面。立足建成全市共建共享创新创业大平台的大格局，加压提质科创"三基地五中心"，探索新模式、新业态，推进各类要素集聚耦合、裂变反应，加速人才链、产业链、科技链、资本链"四链融合"，领跑示范、以点带面，赢得全市创新创业"满堂彩"。

他们坚持"小步慢跑，做持久功"，利用"象寓""青才荟"等平台，分阶段实施"红色课堂""走读高新""功成有我"等系列活动，入企业进项目，游凤栖看泰兴，在行走中爱上凤栖、读懂高新，加深年轻干部对园区工作的认同感、归属感、自豪感。尤其是讲好英国海归顾博士等泰兴籍人才的"凤还巢"故事，以"君自故乡出，应为故乡事"的情怀，以"风物长宜放眼量"的远见，久久为功狠抓事业心的淬炼，办好青春联谊会、青年读书会、创客咖啡汇，让年轻人找到陪伴一生的"有缘人"，遇上干事创业的"同行人"，共享青年友好型园区、书香园区建设红利，让他们有归属，更安业，成就不一样的精彩人生。

敢干、巧干、实干在每一个高新区人血液里澎湃，产业转型再突破、项目质效再提升、平台能级再拔高、营商环境再细化等，为"建设创新特区，打造产城融合样板区"赋能，为高新区未来发展增添强大后劲。

接续奋斗　续写华章

高新区一路发展，破解了不少难题，突破了不少瓶颈。他们一路高歌，向着高质量、现代化建设不断奋进。他们以行动见真章、用成效来说话、凭实绩论英雄。以新思想定向领航，以新担当真抓实干，精准应对多重不利，守牢安全生态底线，把好风险防范红线，全力以赴攻项目、稳运行，抓创新、谋转型，优环境、强产业，"稳"的基础不断夯实，"新"的动能加快聚集，"进"的态势持续强化，交出了一份展现"高新"特质的发展成绩单，实现"十四五"良好开局。

他们狠抓区街融合，注重发展焕新。区街融合是为建设创新特区拓空间，为协同高效治理优环境，为产城融合发展升价值。统筹产业布局、基础设施建设和生产要素配置，更高层次上统筹经济与社会、城市与园区、生产与生活，让产城融合更有成色，普惠民生更有质感，实现资源共享、优势互补。

他们狠抓项目质变，注重产业蝶变。为使园区产业转型、价值得到更大提升，他们重点抓关键项目突破和存量项目优化，并抓住"智改数转"这一重点，坚定不移加码企业智能化、信息化改造；助推企业现代化管理，加快资本嫁接、兼并重组、上市融资，"一企一策"帮助现有企业做大做强。在增量项目提质上，围绕"节能环保集聚集群，光伏新能源做大盘子，智能制造迈向高端"的产业发展路径，在提高招引精准度、项目含金量上下功夫，保持定力、量质并举，全力推进园区"3+1"现代产业体系建设蝶变新优势。

他们抓科创赋能，注重环境提优。始终抓住科技创新"牛鼻子"，针对平台市场运营、创新主体培育、高端智力集聚、全生命周期服务等，营商环境提优上，对标市场化、法治化、国际化，从弱项补起、从细节抓起，进一步提升服务的优质度，真正让高新区成为企业发展的"沃土"、要素集聚的"磁场"、投资兴业的"宝地"。

2021 年高新区完成工业开票销售 140.2 亿元，同比增长 16.9%；固定资产投资 106.3 亿元，同比增长 31%，其中工业投资 80.2 亿元，同比增长 29.7%；高技术投资 31.6 亿元，占固定资产投资的 30%；规上工业产值 97.4 亿元，同比增长 58.9%；外贸进出口 2.4 亿美元，同比增长 37.4%；实际利用外资 6754 万美元，同比增长 184%。经济运行持续活跃，绝大部分主要经济指标呈现高位增长态势。

时代不会忘记奋进中那些勇毅前行的身影，梦想的蓝图终将被不断努力的人造就。当我们漫步在泰兴高新区广阔的土地，看着一幢幢拔地而起的高楼、一排排整齐的厂房，看着那魅力无限的凤栖小镇、那葱茏葳蕤的翠绿景色，看着璀璨的灯火和星空相互印证着高新区人创业发展的理想正被一点点实现时，该是多么的幸福。

（泰兴高新技术产业开发区）

再忙也要好好吃饭

汪曾祺曾说："四方食事，不过一碗人间烟火。"最寻常的人间烟火其实才是这人世间最美的风景、最大的快乐。正如他在《人间滋味》里写的："看看生鸡活鸭、新鲜水灵的瓜菜、彤红的辣椒，热热闹闹，挨挨挤挤，让人感到一种生之乐趣。"

鲜食之都

中国有句俗话："家财万贯，一日不过三餐；美味珍馐，幸福不过一碗饭。"当我们的生活褪去繁华与喧嚣，只剩下一日三餐，好好吃饭，便成了幸福的定义。然而，现代人生活节奏快，忙碌几乎成了每个人生活的主旋律。每天工作十几个小时，熬夜成了家常便饭，一日三餐，越来越敷衍潦草。鲜食食品就这样以"润物细无声"的方式融入了我们每个人的生活之中。回顾鲜食发展史，从最初的自助式热食，如茶叶蛋、包子、关东煮，再到三明治、饭团、平价便当；发展到一定规模后，成为如今的不同口味的饭类商品，如咖喱饭、烩饭等，鲜食不再只是为了饱腹，更是对生活的热爱和享受生活的态度。2020 年，江苏省泰兴市农产品加工园区确立了"鲜食之都"的产业发展定位和"长三角之胃"的区域发展目标，积极打造"卤味、快食、面点、果饮"四大产业集群，推动农产品粗加工、初加工产业向鲜食产业供应链上下游延伸，以崭新的面貌拥抱各类鲜食食品的产品开发和快速发展，让健康美味的鲜食走进千家万户。

提起"鲜"字，中国人第一反应通常是"鱼羊为鲜"，《说文解字》中把

"鲜"字定义为一种鱼的名称，"鲜，鱼名。出貉国"。唐初的《尚书正义》注疏本中记载："《礼》有鲜鱼腊，以其新杀鲜净，故名为鲜，是鸟兽新杀曰鲜，鱼鳖新杀亦曰鲜也。"可见在古代鲜也有"新鲜"之义。江苏省泰兴市农产品加工园区的鲜食，首先是食材新鲜，"春"有花菜、甘蓝、莴苣、樱桃，"夏"有茄子、西瓜、辣椒、葡萄、桃、梨，"秋"是豇豆、无丝豆、萝卜，"冬"是青菜、韭菜、草莓……这里四季瓜果飘香，传统农业在这里悄然变身，阡陌农田间一幢幢农业设施大棚筑起一座座"绿色梦工场"，确保了农产品的原生态、健康和绿色无污染，为鲜食企业的生产、加工提供了充足的、源源不断的新鲜食材，为开发多种类、多样化、多层次的鲜食打下了坚实的基础。除此之外，园区的鲜食还包含了"鲜美""鲜洁"和"鲜时"等其他"三鲜"内涵。

追逐品质

新鲜的食品配以"鲜美"的品质口感，就是食品的"品质"。园区以标准化的工业生产保留食材原有的口感和营养结构，做到食材订单化、工艺标准化、口味差异化和营养科学化。食品安全卫生一直都是老百姓关心的话题，鲜食也不例外。从食材选配到生产加工再到物流运输全程采用数字化管理，"鲜洁"的生产环境，全面保障了鲜食产品的品质和安全，做到全程可视、全程可溯和全程可控。为了让新鲜食品在极速时间内配送到广大消费者手中，园区提供了"鲜时"的配送服务，线上线下、家里家外、日鲜日配。以江苏鲜时农业科技有限公司为例，主营冷链即食主食蔬菜加工项目，致力于鲜时蔬菜、水果沙拉、速冻食品等冷链即食食品的生产加工，服务于长三角地区餐饮连锁店、便利商超、学校等，日供应 50000 份标准团餐服务，每周从新街镇采购蔬菜 20 余吨。"鲜食之都""长三角之胃"的蓝图正在一步步变成生动的现实。

《舌尖上的中国》中有这样一段经典台词："这是盐的味道，山的味道，风的味道，阳光的味道，也是时间的味道，人情的味道。这些味道，已经在漫长的时光中和故土、乡亲、念旧、勤俭、坚忍等等情感和信念混合在一起，才下舌尖，又上心间，让我们几乎分不清哪一个是滋味，哪一种是情怀。"

对于泰兴市农产品加工园区来说，"鲜食"已经不只是一份简单食品了，而是一份承载着感情的礼物，一种情怀。那就是为生活不停奔波的人们提供美味香醇的食物，慰藉忙碌的心灵，把吃饭当作一个重要的仪式，吃好每一顿饭，以最大的热情面对生活，拥有美好的未来。

势头正盛

是的，很多时候，我们无法改变环境，但是，以怎样的心态去面对，却是自己可以掌握的。就像10多年前，或许谁也想象不到，今天的园区会是如今这般模样。2007年1月，泰兴市高效农业在新街镇白马村的野荡内萌芽，从100亩起步。10多年过去了，从无到有，从有到优，在贫瘠的高沙土上开辟出一片现代农业高地，逐步成为"绿色发展型、产业融合型、科技示范型、富民强农型"农业产业化特色园区。先后荣获"国家现代农业产业园""国家农村产业融合发展示范园""全国农产品加工业示范基地""国家农业产业化示范基地"和"江苏省农村一二三产业融合先导区"等称号，成为在全省乃至全国有影响力的农业高质高效引领区，靠的就是一代代园区人用自己的豁达与智慧，消解困顿，熬过磨砺，并且在困境中一步步用奋斗和创造升华园区。作为泰兴唯一的"农字号"园区，园区聚焦一、二、三产业融合发展，围绕"农""特"招引项目，初步形成了以百汇农发、中农批、鼎汇食品、丽佳禽业为代表的畜禽加工板块，以超悦农业、鲜时食品、杏润食品为代表的食品加工板块，以菇本堂生物、宇宸面粉、澳华农牧、九鼎饲料、恒悦大米为代表的粮油果蔬饲料加工板块等6个产业板块。以龙头企业为引领，形成畜禽加工、饲料加工、粮油加工、果蔬种植与加工、银杏加工五大现代农业产业体系，特色产业对园区经济发展的贡献度不断提升。

放眼园区，"三农"发展势头正盛：二产带一连三，产业融合发展，多主体培育，奠定了农村产业融合基础；多点发力，探索了农业产业融合新模式；多方式融合，构建了利益联结新机制；多利益联结，拓宽了农民增收渠道，一、二、三产业融合发展正成为园区新的亮点。

以时间对抗时间，用厚积凝固薄发，奋进的园区人正撸起袖子、迈开大步走进现代农业园区，开展新一轮创新创业，将中华民族伟大复兴的中国梦，植根于这片希望的田野之上，努力让农业成为有奔头的产业，让农民成为有吸引力的职业，让农村成为安居乐业的美丽家园。

生活不该只有诗和远方，更该有眼前的人间烟火，在一粥一饭、一勺一筷中。食物的香甜要用味蕾品尝，生活的美好更需要用心去感受。

做一个美好的人吧，再忙也要好好吃饭。

（泰兴市农产品加工园区）

谈昔说今话燕头

"家乡美，最美是那柔柔的家乡水，水边的风儿轻轻吹，天空的燕子悠悠地飞。"这是《家乡美》中的两句歌词。说来有趣，退休后这几年，只要我去石城的孩子那儿小住，就总会将这两句歌词反反复复地唱上几回。

是的，唱起《家乡美》歌中的这两句，我就会由"天空的燕子悠悠地飞"，想起龙河北岸的"城中村"——燕头，想起燕头的过去和现在，感慨于她的沧桑巨变，感慨于那筚路蓝缕的历史，感慨于今天砥砺前行的新时代。

名叫燕头的村子，在全国共有4处，一是江苏泰兴城北郊的燕头，二是安徽省濉溪县孙疃镇的燕头，另外两个叫燕头的村子在河北省。泰兴的燕头现在是"城中村"，一度以其为乡镇名，乃原燕头乡（镇）人民政府驻地，现在隶属于泰兴市济川街道办，为济川街道行政驻地。据《泰兴地名录》载：相传该地西首原是一条小街道像燕子头，全村像一只燕子，故名。

从《泰兴县志》和泰兴水文等资料来考证，燕头村这个地方以"燕头"称之，已有200多年的历史。在此之前最早因有蒋姓居住于此，曾一度被称为蒋家堡；又因此处为水陆要津，史上有"分龙口"之称，于是这里便有了"堰头"的名称。从地理位置看，南北走向的北新河（两泰官河，从李秀河至泰兴城的河两岸的人又称其为鼍河）与横跨泰兴中部东西走向的老龙河（如泰运河，泰兴人又俗称为龙开河）在燕头这个地方交汇，西为江水，东为淮水，一清一浑在此相接，泾渭分明；分龙口处，一流经北水关入城，流经城内诸河后从西水关向天星港入江；一流顺老龙河绕金瓶湾往西出龙稍港（今过船港）入江；还有一流经泰兴南门外羌溪河向南由靖江入江，因而以"堰头"称此地可谓名副其实。后来因为有了街道，街道西首临近分龙口处，又像个燕子头，由此"堰头"便喊成了"燕头"，直到现在。

燕头为乡镇建制辖区名时，1949 年称燕黑乡，1958 年更名为城北公社，1981 年更名燕头公社，1983 年置燕头乡，1993 年撤乡建镇，1999 年后并归于泰兴镇，而今则隶属于区划调整后的济川街道办。

这里在 20 世纪 20 至 40 年代有两家陈姓的大庄园，一家叫陈雨人，另一家叫陈壮吾。一家有面积很大、高墙耸立的大花园，另一家有气势不凡、雕梁画栋的大豪宅。这两个大地主以陈壮吾名声最为显赫，当时不只在泰兴，甚至周边县市都知晓他的大名。《泰兴县志》在记述民国十七年（1928）泰兴人民"反丈田斗争"情况时，就特别提到了大地主陈壮吾等以九尺二寸五的簍子作为一丈来重新丈量田地，多出的田卖给佃户，每亩索取大洋 12 块，另加丈量费每亩 1 角 2 分，由此激起农民反抗之事。

解放战争期间，燕头设有国民党的一个重要据点，这个据点就设在燕头庄东的大地主陈壮吾家。据点的头目叫卜用世。此人出生于泰兴蒋华，原来在国民党驻长沙的军队里任营长，是当时国民党泰兴县县长请调让他回来任了县五区的区长。1947 年 11 月，五区"自卫队"在老叶庄港上一带抢粮抢草拉壮丁时被我县独立团伏击，损失惨重，由此卜用世逃到燕头后整顿人马，重建了据点。自撤至燕头后，卜用世依仗泰兴城内驻有大量的国民党军队，反动气焰更加嚣张，疯狂敲诈勒索当地百姓，残害我党地方干部。单在 1948 年元月中旬，卜用世就带领"还乡团"配合国民党顽军，一次抓捕了地方干部几十人，其中大部分被他们活埋。其后不久，燕头地下党组织和民兵即配合独立团，通过内线，里应外合，终于拔除了国民党设在燕头的重要据点，卜用世等 6 人被击毙。拔除燕头据点这一仗，干净利落，共缴获轻机枪 4 挺、汤姆枪 6 支、卡宾枪 4 支、短枪 50 支、步枪 130 余支，以及其他军用物资若干。

无论是在抗日战争还是解放战争中，燕头儿女都发扬了坚定的斗争精神，都为之做出了牺牲和莫大的贡献，陈少卿烈士就是其中的一位。这位燕头人民的儿子，1940 年参加革命，1944 年 12 月 10 日入党，生前任泰兴城黄区武工队指导员，1947 年 2 月 13 日，在泰兴城黄区南阳村战斗中壮烈牺牲。30 年后，燕头人民的又一个优秀儿子李俊新，在解放军部队服役期间，带领全班积极防御，多次打退了敌人的偷袭，取得了歼敌5名而我方无一人伤亡的良好战绩。战后，他所在的部队报请上级领导机关批准，为他荣记个人参战二等功、三等功各一次；他所在的班荣记参战集体二等功、三等功各一次，并予以通报表彰。赓续红色血脉，燕头人始终未忘初心，今天在建设美好家乡的新征程中正更加奋然地前行。

说来，燕头早就在我的心中留下了深刻的印象。新中国成立后，燕头一直都是泰兴城北郊的行政中心，曾经的燕黑乡、燕头公社、城北公社、燕头乡、燕头镇的行政办公地就在燕头。那个时候，燕头狭长的青石板街道两旁是商铺，顺着石板街道西行折向南边可径直走到老龙河的北河沿，跨过河，也就进入城内了。笔者年少时常去燕头。家父的战友——我的干爹徐少林，新中国成立初期曾在燕头工作过，并任过乡长，后来又在燕头创办了城北公社的第一家社办厂——五金厂，也就是后来的钢管厂，所以我常去他那儿。干爹的厂办室和他所办的五金厂的工作车间据说都是原来地主家的，可能是陈雨生家的。厂办室是栋别致的二层小木楼，干爹的办公室在二楼。每次去，他都会给我讲当年这里的地主的事，讲在这里发生的战斗，还有其他一些关于燕头的典故，可惜我那会都没有很好地听进去，都不太记得了。彼时家中没啥好吃的，常常是三月不知肉味，去燕头干爹那里主要是想打牙祭，蹭吃他厂办室西隔壁的侯家卖的包子，以至于干爹给我讲什么，全没那侯家的包子有吸引力。在我的记忆里，侯家的包子特别好吃，老板也有点与众不同，大块头，绸缎衣，夏天摇一把蒲扇，嘴里叼一个非常特别的烟斗。于燕头即使有很多都一时不太想起，但对那个包子店和那个侯老板的印象却是特别的深刻。我似乎觉得这个人就像燕头，有点古韵，有点神秘，甚至有点像干爹讲的那些模糊的故事中的某些人物，或者其本身就有着许多为人知和不为人知的故事。

斗转星移，尘埃拂去喧嚷，蓦然回首间，家乡的容颜在不知不觉中已焕然一新。尤其是燕头更是由"城边村"变成了"城中村"，如小上海一般繁荣，似大花园一样美丽。燕头最初由小石板巷形成南北兴燕大街，是笔者的同村人——出生于现济川街道王垒村，曾由我父亲一手培养的原燕头乡党委书记张余堂在任时建成的。而燕头真正成为"城中村"，则是在设立济川街道后，燕头成了济川街道行政办公地，这才从根本上发生了令人欣喜的巨变。

而今的燕头，就像一块璞玉一样，正不断被能工巧匠雕刻出绚烂的纹路，正不断显露出隐藏在深处的独特风姿与韵味。在济川街道近几年对泰兴城北片区实行的"九横九纵"道路网、园林绿化、污水管网等一系列工程建设中，燕头既是这建设的"衔泥之燕"，也是分享这红利的"报春之燕"。由此，燕头的变化可谓日新月异。鳞次栉比的楼房拔地而起，穿村而过的河流重焕生机。济川北路、园林路、兴燕路、根思路、龙河路、银杏路，纵横交错，犹如春燕展翅；市二高、市级医院和社区医院坐落其间，给居民创立了良好的教育与卫生医疗环境；两泰官河相连于内的两条村河，石坝护栏，柳丝飘飘，从而使城乡融为一体，使"分龙口"燕头成了名副其实的城中之"村"。

的确，现在进了燕头，也就进了泰兴城，整洁的街面，商铺相携而列，各种商品琳琅满目；消闲游玩之处更是近在咫尺，踱步即至，可到燕头廉政文化公园陶冶情操，可去泰兴公园、羌溪花园跳舞欢歌、打拳健身。今天的燕头，犹如人间仙境，处处莺歌燕舞，花团锦簇，美不胜收。

燕头人如今的幸福不仅于此，还在于生活的无忧无虑和真正当家做主的自豪。在这里，老有所依、弱有所帮、幼有所爱、病有所治、残有所助。这里有敬老院、燕文留守儿童关爱中心、燕文助残中心、公益志愿中心、村民自治组织……今天在燕头，像我年少时所见的包子店侯老板那样的人早已不是"个别"，而是司空见惯、不足为奇了，胜过侯老板的人真的是多了去了。因为这是一个新时代，这是新时代的燕头！

（泰兴市济川街道　李长贯）

忆陪客人游祁巷

　　风雨兼程，砥砺奋进，古邑春华秋实胜画景。5 年前陪南京客人到家乡祁巷村畅游时，顿感祁巷的发展、祁巷的美景，可谓是泰兴发展、泰兴美景的一个缩影。

　　家乡泰兴的祁巷村，位于中国历史文化名镇——黄桥镇南首，东临分界，南临珊瑚。2001 年，祁巷村由东小湖、丁庄、周堡、祁巷 4 个自然村合并组建而成，从 2011 年起，先后获得全国文明村、"中国美丽乡村"、全国"一村一品"专业示范村、全国巾帼现代农业科技示范基地等全国性荣誉，同时获得"江苏省民主法治示范村""江苏省现代农业示范村""江苏省林业绿化模范村""江苏省生态村""江苏省社会主义新农村建设先进村""江苏省科普示范基地""江苏省和谐社区""江苏省最美乡村""江苏省四星级乡村旅游区""江苏省水利风景区""江苏省菜篮子基地"等省级荣誉。2019 年 12 月 12 日，祁巷村入选"2019 年中国美丽休闲乡村"名单。2019 年 12 月 25 日，国家林业和草原局评价认定祁巷村为国家森林乡村。

　　遗憾的是，我虽是泰兴人，以前对祁巷却不是很了解，而且也没有去过祁巷。了解它，并且零距离地接近它，则完全是由于偶然的一次机会。那是 2017 年，我陪我的南京客人到黄桥参观新四军黄桥战役纪念馆，并顺游了黄桥古镇，才知道了祁巷村的不凡，才知道祁巷村竟是中国地质学之父、地质学家丁文江和中国物理学家、戏剧学家、中国现代喜剧的开山鼻祖丁西林的故里，才知道泰兴美食的"八大碗"就源于祁巷的传统美食"八大碗"，同时也才知道祁巷村的历史沿袭和庄名的来历，才知道现今的祁巷村竟有这么多荣誉。正因为知道了这些，便萌发了我们要去亲睹祁巷村芳容的心愿，也大大吊起了去亲尝祁巷"八大碗"美食的胃口。

　　我因生于农村，长于农村，而于乡村别有一番情愫，尤对村庄之名颇感兴趣。未到祁巷前，我原以为祁巷村跟泰兴王家巷、朱家巷、蔡家巷等一样，一定也是以姓氏命名的吧，然而到了祁巷后，我才知道那是我的想当然。祁巷算来已有近700年的历史，然有意思的是近700年来，该村并无一户姓祁。之所以称之为祁巷，原来"祁"有宽广众多的含义。明永乐二年（1404），原籍扬州的丁细宝携胞弟丁维宝来此定居，因怀念昔日扬州所居古街巷，遂在此兴建比扬州故地更大的巷道，故名祁巷。祁巷不用丁姓名庄，而是用"祁"来祈愿人丁和庄子的兴旺与前途的无量。谁想日后竟愿望成真，祁巷不仅出了中国现代地质学之父丁文江和中国现代喜剧开山人丁西林，还出了一个当代的带领祁巷人将祁巷建设成全国文明村和"中国最美乡村"的最美书记、全国劳模丁雪其。如今的祁巷村已成为江苏沿江旅游的重要区域。菊（鞠）花港自东向西，穿村而过；秀才港濒东而流，通江达海，是祁巷村的母亲河；河道两岸，亭台轩榭，杨柳依依；小南湖碧波荡漾，舟泛湖上，渔歌唱晚；香荷芋田田如荷，清香远溢，让人醉畅。这美丽如画的祁巷，的确如村歌《祁巷，我的好家园》所唱的那样："我的祁巷呀，美呀美家园哪，小康路上春色如酒、春色如酒……"

　　是的，祁巷而今出落得如此美丽，即使上推20年都难以想象。以前或许是因为黄桥古镇的名字太响，或许那时的祁巷在黄桥东南荡，如同一块未开垦的处女地，还很荒凉，人们大都如我一样，只知"二丁"大师故土在泰兴黄桥，却不知二位大师的根其实是在黄桥的祁巷。谁也没有想到，泰兴东荡这曾经荒凉的祁巷，近30年来日新月异、蒸蒸日上，竟变成国家级的富饶美丽之村庄。今天，大师的故乡祁巷，凭着自身的发展、自身的辉煌，其声誉已同样在全国传响。

　　记得在祁巷的那天，我们按计划上午游览，下午垂钓消闲。临近中午那会儿，我和南京客人沿着祁巷的村河走进祁巷人家，恰似走进了江南小镇，又如走进了风情古寨，更如走进了人间仙境；但见眼前牌坊巍峨，小河弯弯，河水潺潺，亭台楼阁，彩旗飘飘，百姓舞台歌美、舞美、人更美，一切都美不胜收，让我们大饱眼福。我们在一家挂有"西南风情"招牌的农家歇脚，大饱了口福。我们喝了刚磨出的豆浆，喝了泰兴人一辈子都爱喝、到哪里都想喝的糁子粥，吃了泰兴人都爱吃的荞麦扁团，还有豆腐脑等。于我而言，这都是久违了的正宗的泰兴家乡小吃，是十足的家乡味道，甚至让我感觉到这是游子归乡的那种妈妈的味道。于客人而言，吃腻了城市菜的他们，尝到农家带有地方特色的绿色食品，实在是一种难得的享受，并让他们在舌尖上感受到了泰兴的美与可爱。正因为如此，我们自然绝不会放过并如愿以偿地品味了慕名于心的祁巷"八大碗"，即清炖土鸡汤、大块红烧肉、红烧菊花港鲢鱼、肚肺汤、黄豆焖猪手、祁巷老鹅、家常卤水豆腐、农家摊烧饼这8样正宗的泰兴祁巷菜，真正地与客人们一道在舌尖上领略了我泰兴故乡的风味，我也因而对家乡泰兴的挚爱更深了一层。

"盛满的是吉祥，端上的是希望，看到的是幸福，尝到的是小康，祁巷'八大碗'，把富裕的梦想，装进你的行囊！"这是祁巷"八大碗"歌的歌词，也是祁巷人的生活与热情、幸福和希望的写照。那天，我们在祁巷不仅欣赏了祁巷古韵而又现代的村落、牌坊、小桥、流水、人家以及美丽的田园风光，也不仅泛舟小南湖，垂钓柳荫下，品尝了祁巷"八大碗"，而且在流连忘返却又不得不依依惜别时，还带了祁巷的土鸡蛋和香荷芋，真个是满载而归。

其实，我们收获的又何止是眼福和口福，何止是土鸡蛋和香荷芋，我们更收获了泰兴人自强不息、建设美好家园的奋斗精神，无怪乎"人民科学家"叶培建回家乡省亲时要去祁巷看一看，感受家乡的变化。

是啊，祁巷的变化反映了家乡泰兴的变化，而家乡泰兴的变化又何止是祁巷。在外的游子们，故乡母亲泰兴欢迎你们归来，欢迎你们常回家看看。异乡的客人们，欢迎你们常来泰兴做客，我与你们相约，再去祁巷，还有那些不是祁巷的"祁巷"——和祁巷一样美丽的泰兴的许许多多村庄和街巷。

（泰兴市济川街道　李长贯）

在街巷阡陌听历史回音

　　位于延令中心地段的苏利巷，饱经沧桑，在一抹抹悠长中鸣响着历史的音符。那背着光的青砖黛瓦在墙根处泛起一溜青碧，某一处旧院落的石桌上，斑斑驳驳地散落着秋日的暖阳，依稀可见昔日少年奋笔疾书的模样。

　　延令是座古城，始建于南唐升元元年（937），从南宋绍兴元年（1131）开始，泰兴县治一直设在延令，再也没有挪过位置。旧时泰兴县城不大，周长不足9里，然而，螺蛳壳里尚能做道场，这里曾诞生诸多景致。泰兴城厢十景，便是广为人知的景观典故。"泰兴城，好风光，十样景，听我唱，一鼓楼，二水关，三井头，四关厢，五城门，六角桥，七星池，八善堂，九条巷，十院寺，劝诸君，莫记忘。"这是《泰兴县志》残本上面记载的《泰兴十样景》，昔日的繁华和市井风情跃然纸上，栩栩如生。

　　多少次梦回古城，触摸它的盛世沧桑，让旧日的糖葫芦、油纸伞、花灯还有石砌的老桥，一一浮现眼前；让拥挤的人潮、热闹的集市、欣悦的人们重演《清明上河图》绘出的繁华。

　　多少次梦回古城，去领略古代的艺术，去看那木制的阁楼，气势恢宏的城门，店铺的手绢、胭脂和团扇；去听说书人讲述传奇的故事；去尝酒肆香醇的美酒。

　　多少次梦回古城，听街上商贩的叫卖、马蹄的嗒嗒；阁楼闲人品茗对弈，论诗作画；烟花巷陌，琵琶续续相弹，歌舞不断；十里长亭，六角桥下，送别之人泪湿衣衫。

　　光阴流转，可怎么转都转不回从前。如今的古城已不复当年模样，但即便如此，我们仍然爱它，爱它的繁华，也爱它的沧桑。

古城美，美就美在它沧桑、厚重的历史文化底蕴。襟江书院、学宫大成殿、老县衙、奎文阁、仙鹤湾、凤凰天、三凤坊、腾蛟阁、香花桥、观音禅寺、澄江门古城墙……延令的每一处古迹都像是历史射向现代的一束光。通过这束光，能把我们带往遥远的过去，听到历史深处的回声。襟江书院里仿佛还能听到百余年前先生们的谆谆教诲声和学子们的琅琅读书声。古城墙上燃起的烽烟，旌旗大帐，嘶鸣战马，十万急报，都已化为烟雨，汇入时间的长河，流向远方。

古迹传承历史文化，也承载着灿烂文明，作为泰兴城市建设和文明城市创建的主阵地和主战场，延令始终坚持"把千年古城的优秀历史文化镶嵌到城市建设中"的总体思路，严格按照市委、市政府的总体规划，全力为奎文阁、孔庙、腾蛟阁等一大批历史文化遗存保护项目的重建做好保障。凤凰天公园、澄江门遗址公园等一批历史文化遗存保护项目，在"破旧"与"立新"中涅槃重生，襟江书院、仙鹤湾园林风光带经抢救性恢复得到保护，再现了历史文化风貌。修缮后的朱东润故居，亭台回廊，荷塘山石，花木扶疏，水光云影，成为泰兴亮丽一景。故居前，一棵松树，绿油油的，四季常青，仿佛是朱东润先生故居的忠实哨兵，风里雨里坚守在这里。

经过一年多的古城改造，延令拂去了岁月的尘埃，展现出"礼乐名邦"的新貌。

是的，古城延令又是"新"的。建设"新延令"是一张全新考卷，需要有新思路、新举措、新答案。延令人高点定位，自觉将延令街道的发展置于全市建设的宏大格局中谋划推进，全力打造具有延令鲜明特质的标志性成果，在美丽泰兴建设中展现作为、体现担当、做出贡献、增加辨识度。

2022 年，是泰兴"城建惠民"三年行动计划的收官之年，延令上下秉承"为民、惠民、利民"的城建价值追求，倾力打造和谐宜居、富有活力、特色彰显的温馨城区。同时，为推进城乡区域协调发展，全面实施乡村振兴战略，延令持续推进"美丽泰兴建设"三年行动计划，在乡村"水美""绿美""生活美"上狠下功夫，加强农村人居环境整治，绘就了一幅美丽宜人、业兴人和的社会主义新农村图景。

水好则人兴，人兴则城旺。作为泰兴市城关街道，延令坚持以"河安湖晏、水清岸绿"为目标，对城乡河道开展绿色生态治理，不断推进河湖治理体系和治理能力现代化，全力建设"安全、健康、宜居、生态、文化"的幸福河湖，重新激发出这座千年古城的生机活力，为经济的腾飞插上了翅膀，焕发了年轻的活力，更使这枚被重新擦亮的千年古印，在蓝天秀水间留下崭新的印记。

漫步在延令街头，市容干净整洁，街道两旁绿树成荫，苍翠宜人。每当夜幕降临、华灯初上，道路两侧的五彩灯带点缀在郁郁葱葱的绿化带上，霓虹绚烂。老龙河畔、羌溪河畔，华光异彩，仿佛打开了美丽画卷，双水穿城，像两条飘带在城市中流淌。集古城范、活力范、青春范于一身的延令，正以绚丽之姿、昂扬之态拥抱未来。

"文化是魂，她融于血脉，彰于自信；她承接传统，引领未来。"延令以文化品位塑造古城形象，让这座古老之城向世界展示开放、创新、自信的文化气度，奏响文化新韵律。

把深厚的历史底蕴、丰富的文化遗存融入城市建设中，并赋予其新的内涵，让"新延令"焕发时代光彩。延令人正以滴水穿石的坚韧心态，以永不懈怠的精神状态，以一往无前的奋斗姿态，锐意进取、抢抓机遇，排难争先、实干担当，不断开创高质量发展新局面，书写文化塑城、品质延令的盛世华章。

时间的长河悠远无尽，蹚过了千万个日夜，记下了一个又一个精彩。历史的脚步踏出了精彩的印记，串联出延令千年神韵，也必将书写延令更多精彩的华章。

（泰兴市延令街道）

爱上一个人 恋上一座城

（一）

来这座城市已经 10 年了。

10 年前，因为一个人，因为爱，冒冒失失地闯进了这座城。置身这座城之后才发现，爱上一个人，不一定会爱上这座城。

几年前来到姚王镇工作，这里是所谓的"城乡接合部"。远离城市的繁华，却从未远离城市的喧嚣。因为工作的需要，我时常隔两天就要到镇上转一圈，从这头走到那头，从这巷穿到那巷。许多年代不可考的旧板房，临街的门面开的开、关的关，缝隙里透出嘈杂的电视声。石板路泛着暗沉的光。老城黄路的黄土路面，破损不堪，车辙历历，下雨天更是泥泞不堪。"这座城说大不大，说小也不小，可终究没有一块可以让我驻留的地方。"那也是我有生以来第一次感受到孤独，实实在在的孤独。

（二）

前几天，立春了。

我应该是属于感觉比较迟钝的一类人，很少能从大自然的变化中感受到季节的更替。好在有微信朋友圈里的照片，立春之时已经在香榭湖捕捉到了迎春花的身影，"一朵花开，会开出一个季节"，没错，春天就这么悄无声息地来了。

然而，冬天并没有因为春天的到来而远离，反而摆出一副誓与春天一较高下的姿态，傲然地挺立着，甚至有势头更猛的趋势。降温、下雨，气温直逼零下。无论冬天如何费尽心思地折腾，丝毫削减不了人们对春天到来的欢欣，对春暖花开的急切盼望。

春天总是让人期待，这一年，我做了妈妈，在姚王安家落户。这一年，也是姚王"撤镇设街"整整一周年。难忘和同事们奋战的日日夜夜，是的，我已然不再是这座城的旁观者，悄悄地，我已成为这座城的一员，这座城流动的气息里也有了我的一脉。

（三）

孕期结束，深受村上春树的影响，我爱上了跑步。沿着镇上跑，沿着湖边跑，一边跑一边观察路上的行人、路边的风景，5000 米也不会觉得特别漫长。慢慢地，我发现，这座小城也在我的脚步里发生着变化。我开始重新审视这座城，将度过余生的这座城。

相对于冬天的萧条、冷落和寒意，春天里百花齐放，生机勃勃，还充满一种暖洋洋的温柔情怀。

一切都苏醒了。小草冒出了嫩芽，柳树换上了新装，桃花、杏花、樱花竞相开放。明晃晃的阳光，暖暖的，就连风儿也一扫冬天时的凛冽，变得温和起来。路上的行人虽然还穿着冬装，但一个个都敞开了怀，任由风儿拂过。人们的笑脸多了，笑声更敞亮了……春天让生命焕发出无穷的活力。

香榭湖跑道是我的最爱。每次沿着香榭湖跑步的时候，我的脚步都会不自觉地放慢、放缓。湖畔高楼林立，尤其这两年，很多城里退了休的老人选择在姚王定居养老，他们三五一群，两人一伙，有的打牌、有的下棋、有的跳舞、有的唱歌、有的拉二胡、有的健身……生动而热闹。尤其到了春暖花开时节，人声、鸟鸣、虫吟混合在一起，像是演奏一曲天然的交响乐，香榭河畔顿时沸腾起来，那种喜悦直达心底，那种欢快无以言表，反而香榭河显得异常的安静，缓缓地，在阳光的照耀下，波光粼粼。

在这里，我也拥有了属于自己享受的庸常生活，喜欢镇上每一个透着阳光的早晨，干净的街道，空灵深幽。临街的门面，经过改造，尤其是配合全国文明城市创建工作，在突出城市形象特色、彰显城市文化内涵的基础上，也体现了我们姚王的特色，为市民创造了更加规范、整洁、有序的城市环境。这里民风淳朴，少了些许市井喧哗；这里的百姓，不再虚度光阴，他们满负情怀，趁着春光，耕于阡陌，翘首殷盼。来到姚王，你会惊喜地发现，被人们唤作"新农人"的人越来越多，他们年富力强，富有创造力，他们曾是农民，出走半生，或已创业有成，或可安享余生。然而，他们却逆着城市的方向，转身奔向农村，或许是不愿沉溺于眼前的舒适，或许是放不下深藏的一份牵挂，也或许是为了心中对乡村的那个美丽愿景。归去来兮，他们用脚步述说：情怀作伴好还乡。

（四）

姚王，由于特殊的地理位置导致流动人口较多，一直面临着社会服务和社会管理压力大的问题。也是在这个春天，泰兴发生本土新冠疫情，街道迅速反应，以社区防控为重点，做到"早发现、早报告、早隔离"。发动社区网格员实行地毯式追踪、网格化管理，将防控措施落实到户、到人，以社区为网格，加强人员健康监测，摸排人员往来情况，建立动态台账，有针对性地采取防控措施。还有很多像我一样的外地人，他们加入志愿队伍中来，为疫情防控注入新的活力。

后来，无论是在文明城市创建还是在其他活动中，姚王到处都有他们穿上红马甲的身影，他们积极向周边居民和行人传播爱护环境卫生、建设文明和谐宜居家园的健康生活理念，以实际行动推动志愿服务、文明创建常态化。姚王不再是散乱的，而是一个活生生的、有生命的整体。

（五）

其实啊，在我生活的城市，春天是那般的短暂，转瞬即逝。很多时候，漂亮的春装还没来得及穿，薄薄的裙子已经上身了。经不得几番风雨，桃花、杏花、玉兰花已是落红满地。每次跑步看到这般光景，我的脑海中都会不自觉地闪过"落花成冢"这个词，一首熟悉的旋律也会随之飘忽而至——"今夜落花成冢，春来春去俱无踪，徒留一帘幽梦。"刘德凯版的费云帆，有几分内敛，有几分儒雅，有几分沧桑，应该是很多女孩梦中的完美男人吧。谢谢那个将我带到泰兴、带到姚王的他，在充满爱的每一天，我们的生活都那么的闪闪发光。我相信，只要有爱，再寒冷的冬天也会过去。

谢谢姚王，谢谢泰兴，谢谢你给予我的一切，我将用余生好好爱你。

（泰兴市姚王街道　徐　倩）

"黄"金十年 "桥"见未来

自古以来，黄桥镇因水而兴，因桥而名，与桥有着不解之缘，其中尤以永丰、致富、花园、文明4座桥最为知名。

党的十八大以来，23万黄桥人民在习近平新时代中国特色社会主义思想指引下，以黄桥老区人的坚毅、执着、果敢和聪明才智，10年奔赴，意气风发，踏上新征程，阔步向着第二个百年奋斗目标迈进。

共筑"永丰桥"，经济发展展现更"强"实力

"永丰"是黄桥发展的美好蓝图。10年来，黄桥镇坚持发展为第一要务，坚决贯彻新发展理念，致力高质量发展，高效能推进项目建设，全面构建现代产业新体系，让高质量发展的底盘更加坚实。

充分发挥与江阴高新区南北共建、跨江联动优势，扎实开展重大项目招引建设，初步形成电动工具电器用高倍率锂电产业链、生物发酵与未来食品产业链、现代风电智能装备产业集聚的"两链一聚"三大特色产业。

东圣生物跻身市工业10强企业，东圣生物、长虹三杰获评国家级专精特新"小巨人"企业。总投资30.58亿元的惠尔信风电智能成套装备研发制造项目和52亿元的泰州三元高倍率锂电项目分别入选2021年、2022年省重大项目。东方九天荣获国家机械工业科学技术一等奖。"双招双引"成效显著，东圣生物与上海交大合作共建东圣院士工作站，与江南大学合作共建联合研究院；引进3名院士，引进高层次人才446名。

创成省级创业型乡镇，黄桥经济开发区升格省级经济开发区，获批筹建

中国生物发酵与未来食品城，获评中国特色产业集聚发展典范园区，创成中国产学研合作创新示范基地、省循环化改造示范园区。

2021 年，全镇实现工业开票销售 158.28 亿元，完成工商税收 11.87 亿元，实际利用外资 4500 万美元。

共走"致富桥"，百姓生活获得更"富"质感

"致富"是黄桥人民的现实愿景。10 年来，黄桥镇把人民对美好生活的向往作为奋斗目标，全力抓好乡村振兴、富民增收、社会保障等民生工作，加快推动基本公共服务标准化、均等化，扎实办好民生实事，做到与人民心心相印、与人民同甘共苦。

刘陈、南沙、横巷、溪桥 4 个副中心社区建设加快推进。如期完成脱贫攻坚任务，全镇建档立卡低收入户 3597 户 5886 人和 34 个经济薄弱村全部脱贫。

加快推进黄桥现代农业产业园建设，2018 年以来，新建道路 19.8 千米、桥梁 6 座、智能温室大棚 10 万平方米。依托 5 个基地累计落户农业项目 36 个，新增高效农业面积 2.6 万亩。提档升级农村道路 316.5 千米，新建桥梁 62 座。

建成重大服务业项目"大梦想城"。琴韵小镇项目加快建设，城市客厅主体竣工，正在组织布展。房地产市场有序发展，累计开发面积约 60 万平方米。

2021 年农村居民人均可支配收入提高至 26885 元。社会保障体系日益完善，城乡居民医疗保险参保率达 98%，城乡居民社会养老保险参保率达 100%，低收入户危房改造全部完成。黄桥镇获批美丽乡村建设全国农村综合改革标准化试点，祁巷村成为全国乡村旅游重点村、中国美丽休闲乡村、省特色田园乡村。

共创"文明桥"，社会文明迈向更"高"水平

"文明"是黄桥古镇文化的历史底蕴。10 年来，黄桥镇围绕群众"三感一度"提升，持续巩固全国文明村镇建设成果，大力弘扬社会主义核心价值观，扎实推进社会治理现代化。

扎实推进全国建制镇、国家新型城镇化、省经济发达镇行政管理体制改革试点。完成黄桥镇基层"三整合"改革和黄桥经济开发区改革工作，积极构建"集中高效审批、强化监管服务、综合行政执法"基层治理架构。

新城中小学、新二院、为民服务中心、新汽车客运站建成投用，市四高通过四星级高中验收，公共服务供给能力明显提升。

镇村新时代文明实践所（站）实现全覆盖。成功举办新四军黄桥战役胜利 80 周年纪念活动，承办 2022 年中国农民丰收节江苏省主场活动，连续 6 年举办"6·21"国际乐器演奏日活动，连续 3 年举办中国·黄桥双人大鱼赛。

共享"花园桥"，生态环境增添更"美"底色

"花园"是黄桥生态秀美的幸福家园。10 年来，黄桥镇始终秉持绿色发展理念，精致建设绿美城市，精心打造秀丽乡村，以生态之美引领城乡之变，彰显自然生态禀赋优势，筑牢美丽黄桥绿色根基。

坚决打好环境污染攻坚战，各级环保督察交办问题全部整改到位。深入推进安全生产专项整治"一年小灶"和"三年大灶"，安全生产本质水平不断提升，社会大局持续稳定。

持续加大农村环境整治力度。全面完成黑臭河道整治和农村改厕任务，创建省农村人居环境整治示范村 3 个、省绿美村庄 11 个、泰州"1123"工程示范村 13 个、市绿美村庄 17 个，打造整洁提升示范庄台 114 个、美丽宜居示范庄台 13 个。

紧紧围绕建设宜居宜业宜游城市目标，全面推进黄桥新城品位提升、老城古韵提升和接合部风貌提升。12 条主次干道改造完成，4 座城市骨干桥梁

建成通车。完成 6 个老旧小区和 23 处背后街巷整治改造。"两违"治理专项整治成效明显，拆除城区违章建筑 24.1 万平方米，13 个停车场建成投用，新增停车位 1563 个、小游园 16 处、城市绿化 50 多万平方米。

新四军黄桥战役纪念馆创成国家 4A 级景区，丁文江纪念馆、何氏宗祠、裕泰和茶叶店等历史文化遗存保护性恢复有序推进，米巷文化街和珠巷商业街加快打造。

春秋有序人民不亏时彦，宇宙无极伟业尚待后贤。"黄"金十年，"桥"见未来。道不完的时光流转，阅不尽的发展画卷。历史的诗篇，总是在砥砺前行中铺展；时代的华章，总是在接续奋斗中绘就。10 年来，黄桥综合实力不断提高，创新实力显著增强，乡村振兴扎实推进，城市发展实现了由"量的积累"向"质的跃升"的转变。没有孤勇者，只做领跑者。黄桥从红色历史中走来，向绿色发展中走去，一个"人文、生态、精致、宜居"的苏中新城正在快速崛起。

（泰兴市黄桥镇）

抚今追昔"花子圩"

由于从事新闻宣传工作，20多年来，我跑过很多乡镇农村，其中有个地方很特别，她的名字叫作"花子圩"，是虹桥镇同德村的一个自然村落。

说她特别，当然还是因为她的名字。单从字面上理解，好像就是"叫花子"集中居住的地方。其实，她就像一位饱经沧桑的老人，蕴藏着许许多多动人的故事。

（一）

年已61岁的葛玉生，1976年参加工作，直到2021年从同德村民调主任岗位上退休，也没有离开花子圩半步。见到我对花子圩这个名字如此好奇，他滔滔不绝地打开了话匣子。

花子圩实际就是原先的刘高村，共有5个村民小组、118户群众，现在已经合并至新的同德村。

为什么偏偏叫作花子圩？葛玉生言语之中满是酸楚。关于花子圩的来历，过去一直有两种说法，一是居住在这里的叫花子多，二就是篾匠多。在旧社会，做篾匠手艺的人被称为"篾花子"，所以人们习惯上就把这里统称为"花子圩"，根本的原因就是一个"穷"字。

小时候，爷爷也对我讲过"圩"字的含义。"圩"，就是把江滩围起来的意思。很早的时候，沿江圩区还是一片汪洋，潮涨潮落，大量泥沙积淀，久而久之就成了沙滩。来自四面八方的穷苦大众漂泊至此，就在这里围滩造田，安家落户，所带的全部家当，就是肩上的一副担子。我爷爷小时候就是跟着他的父亲从靖江迁居而来，在离花子圩不远的另外一个圩区种了几块沙田，用自己的双手创家立业。

（二）

历史上的花子圩，留给葛玉生最深的印象，真的就是一穷二白。特别是以前，群众生活的艰辛简直难以想象。整个花子圩连自行车都非常少见，基本没有家用电器，吃饭主要靠国家发点儿救济粮。有一户人家，一斤豆油要吃一年。每逢做菜时，就用筷子在油壶里蘸一下，然后在菜碗里滴上几滴。村民季长发家儿女比较多，到了冬寒天，大人孩子没有一条像样的棉裤。村干部每年都要想方设法对这些农户进行救济，弄点衣裳让他们御寒，最多时给每家发 5 块钱救济金。困难群众拿到钱物时，欢喜得不知道说什么才好……

其实那个时候，花子圩许多人都会篾匠手艺。为了谋生，他们经常偷偷地砍伐竹子，做成篾篓、竹篮等生活用具，悄悄地销往苏州一带，换几个活命钱，但在当时被说成是"资本主义尾巴"，村干部不得不挨家挨户地"没收"他们的劳动工具。葛玉生有些伤感地说，在那个"以粮为纲"的年代，个人养猪养兔都不允许，群众只好把工具和做好的竹器藏在草堆和灰堆里，甚至想办法沉到河里，等村干部走了之后，晚上还是继续干。

事实上，在儿时的记忆中，父母每天天不亮就被一声哨子催促着去上工，一年忙到头，所挣的一点工分，仅仅换来一两担粮食，全家人的温饱都成问题……

（三）

党的十一届三中全会就像一声春雷，神州大地处处生机盎然，花子圩同样浸润在喜悦之中。被束缚了很久的花子圩，所有的干劲和热情全部迸发了出来，群众逐步过上了好日子。大家再也不用到处借米下锅了，家家户户有粮吃、有草烧，大家非常满足。

1981 年，刘高村的村干部在带领群众发展农业生产的同时，大胆创办了鞭炮厂、五金厂、电镀厂等 3 家村办企业，一部分闲散劳动力就地转化为村办企业工人，每个月工资达到了三四十元。形势最好的时候，3 家企业工业总产值达到了 200 万元，在当时引起了不小的轰动。特别是鞭炮厂，每年发放的工资总额都在 20 万元以上，真正鼓起了花子圩群众的钱袋子。

随着改革开放的不断深入，勤劳勇敢的花子圩群众不断闯向外面的世界。随着农业机械化的加快普及，在家种田的全是老人，而年轻人都在外面打工经商。同德村委会提供的统计数字表明，只有 652 人的花子圩，常年在外务工经商或者从事水陆运输和服务业的就有 200 多人，2021 年，农民人均纯收入已经接近 3 万元。有个村民在上海创办了一家冷冻设备企业，总资产已经超过 3000 万元；还有的村民在浙江开办了吸塑包装厂，在大连开起了服装店，几年前就回老家泰兴购买了价值百万元的门面房和商品房……全村的男女老少，都在致富的道路上较着劲向前冲。整个花子圩的村容村貌也发生了根本性变化，到处都是宽敞笔直的水泥路，一片郁郁葱葱、鸟语花香的喜人景象。不少农户都在重新装潢自家的楼房，一家比一家考究，一家比一家气派。

（四）

花子圩变了，变得日益富庶和文明。但是更让大家意想不到的是，仅仅 10 年时间，这里奇迹般地崛起了一座"滨江新城"，让"花子圩"成为永恒的记忆。

2009 年 1 月，泰兴市委、市政府批准设立虹桥工业园区，定位于"滨江水城、生态绿城、宜居新城"的虹桥新城随之破土动工，并被确定为泰州市重点打造的 9 个小城市之一、泰兴城市发展"一体两翼"重要组成部分。花子圩所在的村落，已经建起了风景旖旎的湿地公园、配套设施完善的安置小区，未来还将建设一座生态康养特色小镇。整个新城商业、教育、医疗、便民服务等配套设施一应俱全，沿江生态廊道、长江生态文化街区、四桥港风光带等生态景观工程，构成了独特的大江风光。8 平方千米的虹桥新城，将被打造成扬子江城市群中具有明显竞争优势的特色小城，并将伴随着常泰过江通道的开工建设走向世界，走向更加美好的未来……

（泰兴市虹桥镇　孙纪刚）

奔腾的

老龙河

青绿滨江踏歌行

延令之西，大江之滨，滨江镇枕着涛声，一派五彩缤纷的田园风光。滨江镇成立于 2007 年，由原过船镇所辖区域与原大生镇管辖的天星桥居委会等 4 个行政村，以及委托市经济开发区管理的洋思、蒋榨、红旗、五杨、中港等 5 个行政村合并而成。2010 年，马甸镇与滨江镇合并。不是简单的 1+1+1，而是量的积累、质的飞跃。

滨江镇是一艘乘风破浪的双桅船。近年来，工业发展遥遥领先，画樯锦帆，风光无限。同时，坚持以实施乡村振兴战略作为新时代"三农"工作总抓手，深入落实高质量发展要求，继续保持了农业发展、农民增收、农村稳定的良好势头。高扬"农"字风帆，弄潮岁月沧浪，帆影化白云，数字可见证。2021 年，实现工业开票销售 1100 亿元，工商税收 48 亿元。全镇粮食总产量达 5.57 万吨，实现农业增加值 4.3 亿元。连续 3 年跻身全国百强镇，位列第 41 位。连续 4 年荣获泰兴市乡村振兴考核一等奖。

农业发展：一马当先蹄声响

水光潋滟摇吴月，云色苍茫接楚天。上天赐给滨江人家厚土沃田。这里属长江三角洲冲积平原，有着长江亲水生态的天然禀赋，且土壤母质为长江冲积物，土壤肥力较高，历来是一个种植业与养殖业并重的平原综合农业区。

一页泛黄的报纸，关于红土的记忆，依然让人心生暖意。20 世纪 50 年代的《泰兴报》有这样一段报道令人印象深刻："根思人深知，家乡穷就穷在飞沙土上。要挖掉穷根，首先就要改变飞沙土。1958 年春季，英雄家乡人民到二三十里外的过船、天星一带长江边搬运黏土，改变沙土。经过两个多月的奋战，给全队 180 多亩土质最差的飞沙田，盖上了一层红黏土。"

得天独厚的天然优势，激发人们舍我其谁的跨越豪情。一直以来，区镇合一的滨江镇高度重视农业发展，以实施乡村振兴战略为总抓手，聚焦三产融合，坚持"统筹城乡发展，工业反哺农业"，每年用于农业基础设施的投入上亿元。

家住长江边，心在潮头上。2020 年以来，滨江镇立足于争创泰州市乡村振兴示范镇和打造"三农"发展全省样板先行区总体目标，依托滨江现代农业科技产业园、生态廊道拓展区"两大板块"，紧紧围绕草莓产业和大米加工产业，优化上、下游项目招引，投资 3.7 亿元，让 7 个农业重大项目七彩缤纷。无人机俯瞰滨江家园，俨然一个七彩调色盘。

收获季节，高效智能玻璃温室大棚里的车厘子，或幽黑如梦，或深红似醉，从指尖上美到舌尖上，又从舌尖上甜到心尖上。

1700 亩智能玻璃温室大棚中的立体草莓如层层叠叠的红玛瑙，让人心怡。采草莓的女孩朗朗笑声，飘向江天。

上万平方米的蔬菜大棚和种植项目，色彩变幻不断：今日青绿蔬菜，明天红紫甜果，春色秋光各有异彩。

年流通果品总值超 2 亿元的冷链分拣中心项目荣获省级专项奖补。

稻香花海项目，不仅名字取得诗意盎然，项目的进展更是生机盎然。一期高标准农田改造提升项目土地已平整，年产 30 万吨的大米加工项目已签订合作协议，2022 年先行实施 20 亩仓储项目建设下半年启动施工。

连栋钢架大棚立体草莓种植项目早已完工投入运营，当季销售收入 268 万元。2021 年 12 月新建的 300 亩 825 钢架大棚目前已投入种植，星星点点草莓红，越看越让人喜欢，越看越让人遐想。

农业园区：挑起"大梁"唱大戏

行走在滨江镇现代农业科技产业园，你会想起唐诗"空山不见人"，"两个黄鹂鸣翠柳"。走着走着，眼前是一座 9000 多平方米的大棚，由两个人管理。"农业大数据让农业生产不再凭经验感觉干活。"大棚负责人曹斌边介绍边在手机上打开智慧农业控制软件，通过智能手机，就能一键开启智能环境控制系统，使植物获得最佳的生长环境。看来唐诗要改句子了，"谁知盘中餐，粒粒靠智能"。

大数据云计算自动采集、监测、分析农作物生长环境信息，物联网精准调控棚内的温度、湿度、施肥量、浇水量等，园区致力于智慧农业发展，高标准建设，创办当年就晋升为泰州市级农业园区。

截至目前，农业园区已成功引进浩源农业、德尚农业、小水滴农业等草莓种植项目，果满园农业等蔬果种植项目，农产品加工、冷链物流、电子商务等多元化发展的模式初步形成。

提起滨江镇，很多人首先会想到精细化工产业。如何实现工业反哺农业，构建"工业农业双轮驱动，一二三产融合发展"新格局，是滨江一直积极探索的课题。为推进一、二、三产业融合发展，滨江镇在镇区北部打造了现代农业科技产业园，用抓工业的思路，重抓农业园区建设，从而带动群众致富。

园区于 2020 年 4 月 8 日奠基，先后投入 2700 万元进行修路建渠等基础设施建设，那些渗透汗水心血的数字，载入了滨江的史册，也融进了大地四季的姹紫嫣红。完成标准化硬质道路 3.9 千米、白改黑道路 2.5 千米、排水渠 3.6 千米、平整土地 1100 亩、新栽绿化带 14000 平方米；园区内蔬果种植项目进展迅速，总建成面积达 3500 亩；在核心区投资 1100 万元，建设集育苗、种植、分拣等功能于一身的现代智慧农业展示中心，培育优质草莓苗，种植立体草莓、圣女果等高端水果；投资 2400 万元，建设高标准的集冷藏保鲜、分拣包装、产品检测、物流运输于一身的分拣中心。滨江镇还专门出台奖补举措，对入园投资建设的大棚给予补贴，截至目前，已累计投入 5000 多万元。

"农业园区挑起了强村富民的'大梁'。"滨江镇农业农村局局长陈向阳介绍，园区的建成极大地促进了当地和周边的农民增收，有力地巩固和拓展了脱贫攻坚成果，周边农民户年均收入增加 1500 元。同时，园区企业与滨江镇 11 个村签订了"万企联万村·共走振兴路"合作协议，投资总额达 1000 万元，拓宽了各村集体经济增收渠道。顾阚村是全镇 31 个村居中面积最大、位置最偏远，也是最落后的村。自从农业园区落户"家门口"，乡亲们干劲十足，不仅到园区打工，一些能人还在村里流转土地上跟着种草莓、西瓜等。当年，顾阚村集体收入达到 52.8 万元，在年底的村居考核中，由倒数跃升至第 11 名。

2021 年 9 月，"滨江草莓产业一二三产融合项目"被推荐参加江苏省农业农村厅举办的第五届省"三创"大赛，进入全省 8 强，实现了泰兴市该项比赛零的突破。2022 年，首批种植的 1200 亩草莓一上市就广受青睐，3500万公斤草莓销售额突破亿元。

江畔人家：缤纷画卷铺锦绣

在长江岸边的滨江镇新星村十里江堤上、交错的河塘边，凉风送爽，小鸟喝啾，时而飞过天际的白鹭信步江畔。蜿蜒曲折的生态廊道，高效智能的玻璃草莓大棚，融餐饮娱乐、文旅康养为一体的"江边客厅"，吸引了越来越多的游客在这里休闲、娱乐……一江碧水、一河一景、一步一画，铺展着一幅看得见绿野、望得见江河、记得住乡愁的"圩上人家"美丽画卷。

近年来，滨江镇秉持绿色发展理念，加快农田林网提档升级，创新利用庄台空闲地增绿、护绿，持续加大河道整治力度，并实施常态化管理机制，巩固提升农村人居环境整治成果，合力打牢乡村振兴基础。

提档升级，筑林网撑"绿"伞。双彭村结合美丽乡村建设，按照"小网格、窄林带"的林网建设标准，投入 120 万元，在村内的路、沟、渠旁增植观赏性树苗提升农田形象，既优化了乡村生态环境，还为高标准农田建设"添砖加瓦"，使农业生态环境向良性方向发展，形成优势突出、特色鲜明的立体生态农业发展新格局。

见缝插针，垦荒地覆新绿。永新村选取永丰片区作为试点，梳理出庄台空闲地栽种观赏树，片区内 500 米的河道绿化和 2000 米的庄台道路绿化已成规模，全村庄台空闲地绿化利用率达 30%。

长效管护，清河淤"织"绿带。原先的小马庄村庄河河道狭窄、水质浑浊，河面上漂浮着杂物，成了"赖"在村民面前的烂泥潭。村"两委"先是进行河道清淤，疏浚河水，让水流畅通"活"起来，再采用木桩进行固岸护坡，两岸栽植绿植美化环境。整治完成后，明确了庄河管护责任人，实行常态化管护。如今，小马庄村庄河呈现出一派生机盎然的景象。

滨江镇副镇长丁海容表示，全镇将力争实现 90% 的非空心村达到美丽宜居示范村创建标准，新建市级美丽宜居示范村 2 个、泰州市级特色田园乡村 1 个，庄河绿化全面达标，村庄绿化覆盖率达 25%，建成市级以上绿美乡村 2 个。

更上层楼观江海，缤纷花雨扑面来。2020 年和 2021 年，泰兴市第三届农民丰收节在滨江举行，泰兴市第四季度农业重大项目集中开工，这体现了市委、市政府对滨江农业发展的充分肯定。

乡村振兴拓大道，美丽滨江踏歌行。滨江镇将加快推进农业农村现代化，奋力谱写乡村振兴新篇章，为全力打造产城融合、"三生"协同的标杆城市贡献滨江"三农"力量。

（泰兴市滨江镇）

婆婆的幸福生活

　　我的婆婆是分界镇官庄村一位地地道道的农民，身材瘦小，脸庞暗黄，一双大眼睛却十分明亮、有神，光彩熠熠，这让她看起来显得很精神。婆婆一直没有离开过土地，和公公两个人辛苦地操劳着七八亩田地。她勤劳能干，做事认真细致，尤其是农忙的时候，天不亮就起床，很晚才睡觉，因此，家里每年的收成都很好。前几日，先生和我心血来潮，决定回乡帮婆婆做点力所能及的事情。远远地，看着婆婆背着沉重的农药喷雾机，在半人高的麦地里来回穿梭治虫，我的心里酸酸的，叮嘱她要多休息，注意身体。她却笑着说："现在是赶上好时候了，种地不仅不花钱，还能领到政府补贴呢，苦点累点算什么。"她那满足的笑容，就像一股暖流，流入我们心里，温暖着每一个细胞。

　　婆婆把我一一介绍给田间地头的乡邻，每一次说到"我媳妇"的时候，都洋溢着一脸的幸福。先生是婆婆一生的骄傲，她举全家之力艰难地供他读书，最困难的时候，婆婆还卖掉了家里最值钱的电灌站，虽然万般的不舍，但她却义无反顾。先生果然没有辜负全家人的期望，通过自己的努力终于考上了理想的学校，也成为村里的第一个本科生，这对婆婆来说，简直就是天大的喜事。婆婆不善表达，从不把爱挂在嘴边。我曾经因此抱怨过她，任性地以为婆婆终究不会像对待亲生女儿一样对待我这个儿媳妇，处处和她较劲。事实上，"润物细无声"，婆婆一直都在默默地关心、爱护着我们。和我们生活在一起的时候，她会观察我们的生活习惯，努力迎合，尽量跟上我们生活的节奏，对我的任性也从来没有一句埋怨。我很懊悔，也深感惭愧。婆婆说："没什么，只要你们俩好好过就行了。我们以前穷的时候，饭都吃不上，现在多好啊，房子有了，车也有了，更要晓得珍惜。"婆婆就像全天下所有的父母一样，对子女的付出从来都不需要任何回报。

从田里回家，婆婆熟练地骑上新买的电动三轮车，经过我们身边的时候，颇有几分得意。2004年，刚到婆婆家的时候，村里的路还是土路，一下雨就泥泞不堪，走起来深一脚浅一脚的，婆婆骑着小三轮车在雨地里艰难前行的背影，就像刀刻一般深深地烙在我的脑海里。18年过去了，水泥路通到家家门口，平整、宽阔。如今，望着婆婆骑着电动三轮车，风驰电掣般的背影，心中的感动和感恩难以言表。虽然她的头发已经被风吹得稍显凌乱，还夹杂着好多白发，她的衣服也已经洗到泛白，可那一刻，我依然觉得她很幸福——被辛劳浸淫着的幸福，就像清晨树叶上的露珠一样，给人惊喜，让人心动。

婆婆是个闲不住的人，回到家没和我们说上几句话，又要去另外的一块麦地里治虫。我担心她手心里的伤，让她悠着点干活。2022年初，婆婆的手心被铲刀划了一道长长的口子，缝了5针，可她就是闲不住，伤口几经感染，让人担心。说到农村医疗保险，婆婆就像占了很大便宜似的，非常得意："我这个手啊，没花自己几个钱，医院都给报销了。去年年底，你奶奶血压高住院一个礼拜，花了2000元，医院就给报了1000多元，还不费事，钱当场就能拿到手。"婆婆有点夸张的表情，令我们忍俊不禁。

是的，我是外地媳妇，18年前刚到泰兴的时候，别人问我，先生是哪里人啊？我说，分界人。这个时候，得到的回应往往有两种。第一种是："哦，分界啊，分界在哪里？"我说："分界在黄桥的东边。"第二种是："分界啊，差不多是泰兴最穷的乡镇。"这个时候，我都是笑笑，不做回答。分界，是我先生的家乡，也是公公婆婆的家，于我，便是心灵牵挂的地方。我不想说，如今的分界有多么欣欣向荣、蒸蒸日上，只想让那些不太了解这里的人们到分界走一走，看一看。

满分愿景芬芳处，无界进取振兴路。分界是泰兴的"东大门"，走进这里，可以听到东盛电子器材厂内机器的轰鸣，工人们正在有序完成各种通信器材的组装，企业订单源源不断；可以看到七贤绿花菜专业合作社前排起的长龙，村民们将带着泥土气息的鲜嫩甜豌豆送来称重加工，销往全国各地；

还能与田间地头的乡亲们围坐在一起，听"青年讲师"和"百姓名嘴"打开天窗说"亮话"，沉下心来学党史……这一幕幕朴实的场景、鲜活的画面，是近年来分界镇攻坚克难抓项目、实干担当谋发展、凝心聚力惠民生的生动诠释，一艘高扬"情义满分·进取无界"旗帜的"乡村振兴号"舰船，正在这金秋的麦浪里拔锚启航、奋楫向前。

"在乡间，我有一座小院落。花香填不满土墙缝，却是放心的好地方。"我时常对朋友们吹嘘道。乡村生活是原生态的，没有修饰，没有遮掩，一切随着性情走。乡村的美，只有用心才能体会。过去的几年里，分界在农村人居环境整治提升上也做了不少的努力，有序实施农村户厕改造，开展垃圾分类试点，统筹推进道路硬化、村庄绿化、街道亮化、庭院净化、环境美化等，还在乡村大力实施增绿添绿工程，岸绿路畅景美的生态画卷渐次展开。成为分界媳妇的 18 年里，慢慢地，我也发现，爱护环境，保持卫生整洁，成了这里村民的自觉行动。规划庭院、种花种树、清理垃圾……整个村庄仿佛变了个样，家家户户都把屋子、院子拾掇得干干净净。有时写作累了，我会让先生载着我回趟老家，看看家门前的银杏树，看看门前栽种的小花，和公婆吃顿饭，唠唠家常，所有的疲惫都会烟消云散。就像此时此刻。

"好啦，时候不早了，快回家吧。"婆婆催我们。后车镜里的她被夕阳包裹着，那样安详与温暖，时不时地还扯着嗓门喊，叮嘱我们路上小心。婆婆一辈子生活在农村，和所有人一样，一生很平凡，没有做过什么惊天动地的大事情，她只希望我们过得好，并且尽量不给我们添麻烦。她的爱，就像大地一样，宽容、内敛。婆婆也是妈，在我的心里，她早已是我的妈妈。而分界，也早已成了我的故乡，我的牵挂……

（泰兴市分界镇　孙　菁）

元竹，我们的美丽家园

据查，"元竹"有首屈一指、独占鳌头、一马当先、高风亮节、顶天立地、光明磊落之义。不知道元竹镇的名称缘何而起，这不重要，我相信它的寓意，不只是精神和愿望，应该还有着元竹当地百姓心中美好的寄托。

元竹镇地处长江三角洲经济圈，其南毗邻历史文化名镇黄桥镇，交通便利，百业兴盛，环境优美，在泰兴地域的东北部，与泰州姜堰区顾高和蒋垛两镇相邻，是泰兴市一个独具特色的乡镇。多年来，元竹镇在致力于振兴乡村经济的同时，一直全力打造美丽乡村。2014年6月，原环境保护部授予元竹镇2012—2013年度国家级生态乡镇称号。2021年1月，江苏省生态环境厅命名元竹镇为第三批江苏省生态文明建设示范镇村。这对于一个偏远乡镇来说，是很了不起的成绩。

我们在农村看到的变化，在元竹都能看到。无论是清澈的河水、整洁的乡道，还是宽阔的田野、敞亮的村舍，元竹都会给你留下深刻的印象。在我的印记里，过去乡村的河水由于管理不善，腐殖和垃圾布满河床，过度的富营养状态，使得水质越来越差，大多沦落为臭气熏天的水沟。而现在我们看到的是，河边整齐的堤坝，堤坝上的树影和岸边芳香的野花摇曳生姿。微风轻拂，平静的水面轻轻泛起一阵阵涟漪；河水清净澄澈，仿佛能够照见河底，时而有小鱼在自由游弋。从远处看，河流像一条条玉带镶嵌在绿色的大地上，河面如镜，映照蓝色的天空、洁白的瓦房。在元竹镇溜达一圈，你会流连忘返，仿佛身处传说中的"桃花源"。这样的变化，是元竹镇扎实开展农村环境综合整治的结果。

沿泰村是元竹镇北部的边远村，共有庄河10多条，但大多是"断头河"，没有一条与中沟、干河相连，往往是旱时用不上水、涝时排不掉水。在"庄河活水工程"实施过程中，元竹镇对沿泰村水系进行规划设计，将 3 条主要引水河道进行裁弯取直，勾连村庄河道与南边的中沟。

"原来清澈见底的河道，由于长期污染，有的早已成为垃圾场，或者乱草丛、臭水沟。这次镇上对我们村里的庄河进行整治，看到河道变干净变美丽了，我们感到特别开心啊！"沿泰村村民高兴地说。

仅 2021 年，元竹镇统筹推进"河长制、林长制、路长制"工作，以环境整治"百日攻坚专项行动"为契机，启动农村环境整治提升五年行动，整治庄台 8 个。全面推进幸福河道建设，清理扒坡种植 3200 平方米，庄河中沟绿化栽插 28 千米，创成省级"十星河道"1 条，创成泰州市"五星"幸福河湖1 条、泰兴市幸福河道 4 条，生态河道覆盖率达 40%。紧紧围绕"增绿、管绿、护绿"的生态发展要求，成片造林 104.8 亩，新建镇村绿色通道 4600米，完善农田林网控制面积 3100 亩，创成市级绿美村庄 1 个，省级绿美村庄1 个。提档升级农村道路 18.3 千米。实施污水管网"十必接"工程，提升集镇生活污水收集和处理效能。

河道环境整治成果给百姓带来安居乐业的居住条件，关系到广大农民群众的身体健康、生活质量，对推动"三农"经济加速发展具有十分重大的现实意义。回顾过去，居民点脏乱差、柴草垛随意堆、垃圾满天飞等影响农村环境的"老大难"问题之所以严重，没有开展集中攻坚整治仅是一个方面，其主要问题就出在农村环境卫生没专人保洁、环卫设施不到位、农民生活习惯未改变等方面。只要机制健全了，人力跟上了，形成长效机制了，也就从根子上解决了问题。老百姓居住条件好了，脸上的笑容也更多了。

近年来，元竹镇把农村环境整治作为实施乡村振兴战略的一场硬仗来打，聘请了省、市有关规划设计专家到镇实地勘察，依据本土实际、人文地理，按照"生态文明，特色明显，和谐发展"的要求，统筹规划，制定政策，落实措施，充分认识"抓生态创建就是抓经济发展，保护生态环境就是保护生产力，就是保护人民群众的切身利益"，全面打响了农村卫生环境整治、污染防治、河道清理保护攻坚战。

在农村环境整治过程中，元竹镇坚持把整治与美丽乡村建设结合起来，在林业绿化、农业结构调整、农业污染防治和生态保护设施建设等方面取得了新突破，全镇生态环境进一步改善。深入践行"绿水青山就是金山银山"的发展理念，坚持生态优先、绿色发展，一个个整洁村庄、美丽宜居庄台、美丽示范庄台像雨后春笋一样冒了出来。乡村美了，精神文明也得到了提升，百姓的精神生活也相应富足起来。以文明城市创建为契机，实现新时代文明实践站（所）镇村全覆盖，开展道德讲堂52场，创成市级文明村、文明单位11个，蒋堡村成功入选首批全国村级"乡风文明建设"优秀典型案例。元竹镇经济社会高质量发展也同时谱写崭新篇章，昂首阔步踏上新征程。

建成4条高标准绿色通道，创成省级绿美乡村1家，国家级森林生态示范村1家。创成第二批江苏省生态文明建设示范乡镇。如今的元竹镇，各村居环境整洁、鸟语花香、满目葱茏，村民生活富裕、文明程度显著提高、人与自然和谐相处。

岁月更迭，元竹镇正强化问题意识，上下联动，对标找差，不断增强农村人居环境整治的责任心，充分认识整治与群众期盼的关系，扎实推进农村人居环境整治，努力实现天蓝、地绿、水清、村美，让农村居民过上与时代同步的现代生活。

最美元竹，指日可待。

（泰兴市元竹镇）

我的故乡　我的古溪

　　我的故乡古溪，是一个与水有关的小镇，古马干河、私盐港、古同港等穿境而过，11 条流域性河道绵延 35 千米。溪，这里的人更多称之为"河"和"港"，成网的水系，交织的河港，放射状地通向四面八方，与泰兴、泰州、扬州运河、淮河水系相通。

水的故乡

　　这里，河渠成网，诸水汇归，枕水之地。据说，新中国成立前，这里还是河不成网，水系紊乱，河道弯曲淤浅，断沟野塘多，易旱易涝。1956 年，为彻底改变农业生产状况，古溪率先在泰兴县进行旱改水试验和河网化建设，并获水电部、水电工会全国委员会颁发的"乘风破浪，奋勇前进"奖牌。1958 年，政府发动群众大兴水利工程，在原有河网基础上，以 2000 米左右等距离开挖出数条纵横交错的新河道，《人民日报》头版头条报道了古溪的河网化。

　　古马干河，便是故乡一条最重要的河流。它西起长江口，流经滨江、根思、新街、元竹、古溪 5 个乡镇的 27 个村居，穿越两泰官河、新曲河、西姜黄河、东姜黄河、增产港 5 条干河和 44 条中沟，是泰兴境内一条重要的生产生活河道，也承载着古溪人的记忆与乡愁。我家就住在河边，河水澄澈得像一条白练。春日里，古马干河流水潺潺，一泓碧水，两岸翠绿；夏日里，大家伙就跑到河边戏水；秋日里，河水滋润的广阔田野，呈现出五颜六色，金黄的稻子，翠绿的芭蕉，葱郁的田野；冬天里，河边密密匝匝的芦苇丛中野鸟七嘴八舌，飞来飞去。夜晚，月光照在波纹细碎的河面上，像给水面铺上了一层闪闪发亮的碎银，行经的船只静静地停靠在河岸边，此情此景是那么的温柔，那么的宁静。

美丽家园

故乡的水是家乡人赖以生存的源泉。改革开放以后，故乡人深入、精细地兴修水利，田块成方、居住成行、河渠成网，植树造林，河流、道路绿化、美化、亮化。登高远眺，一条条清澈见底的河流，一条条坚实平坦的公路、大道，河流、道路两旁与之合为一体的一排排整齐有序的树木，犹如洒落在古溪大地上一条条绿色的玉带，方便快捷地通向域外，通向被茂密树林包裹的错落有致的村庄。庄外是5000亩的江苏古溪现代农业产业园，园区融蔬菜区、水果区、养殖区为一体，形成产业特色明显、规模效益突出的现代农业园。当您身临其境，渗透青草芳香的新鲜空气扑面而来，一种沁人心脾的感觉油然而生。花儿竞相开放，蝴蝶翩翩起舞，鱼儿在水里游弋觅食，鸟儿在树上跳跃高歌，不时还传来人们的欢声笑语，凸显古镇的清新、朴实、宁静，如烟、如画、如诗，不是江南，胜似江南，"国家级生态镇"就是对她的最高褒奖。

人们用水滴石穿形容水的坚韧、持久永恒和锲而不舍，一如人，但凡能滴水穿石者，必是有志之士。这让我想起了我们古溪人，无论是在烽火连天的艰难岁月，还是在民族危亡的生死关头，都有古溪人"捐躯赴国难，视死忽如归"的身影，他们用热血书写出一部部波澜壮阔的革命诗篇，用生命铸就一座座巍然屹立的不朽丰碑。

新兴强镇

往事越千年，今天的古溪子弟，血脉里流淌着先辈们用热血和生命培育的红色基因，建设融经济、文化、生态为一体的新古溪，成为当下古溪人民的矢志追求。

中华人民共和国成立 70 多年，特别是改革开放 40 多年来，古溪的农业稳步发展，粮食生产由一家一户种植逐渐向规模种植大户集中，全镇土地规模化经营达 90%以上。传统农业逐渐向高效现代农业发展，以产业化、规模化为发展方向，逐步形成"一镇一村一品一店"优势主导产业，带动农民致富效应不断显现。古溪镇是远近闻名的苗鸡孵化、家禽和生猪养殖大镇，农副产品畅销省内外，养殖业亩均产出超 1 万元。2022 年农民人均纯收入 2.5万元以上，连续 4 年保持 8%以上的增长速度；2022 年全镇经营性收入达1311.91 万元，较 2021 年上涨 12.8%。

古溪镇又是一个活力迸发的新兴工业强镇。2020 年以来，古溪镇坚持以优化产业结构为目标，全面落实"十四五"总体发展思路，以传统产业转型升级为主线，通过项目带动集聚、特色突出优势、创新推动转型、品牌引领市场的途径，引导企业把技术改造、嫁接重组和品牌创建作为传统产业转型升级的主要途径，提高传统产业附加值和核心竞争力。坚持特色优势产业的培育和扶持，培育以医疗大健康产业为新兴先导的特色产业，支持具有核心技术的高新技术企业发展，加强创新型龙头企业和创新载体的引进与培育，全力增创转型升级新优势，做大产业规模，做强产业特色，做优产业布局，带动全镇工业经济调结构、上规模、增效益。目前全镇已经形成了以发电机组、金属拉丝、机械加工、纺织服装为传统主导，大健康产业为新兴先导的产业格局。全镇经济运行总体平稳，稳中有进，稳中向好。2022 年实现工业开票销售收入 24.01 亿元，完成工商税收 1.73 亿元（含退缓税 1600 万元），综合实力稳步攀升。

基础设施、教育文化、医疗卫生、社会保障、生态环境建设等，都取得了骄人成就。但是，古溪人民没有满足，没有就此停步不前。新近，古溪镇党委、政府发动全镇上下摆成绩、找问题，为发展出点子、想办法，还请来同济大学专家、教授前来考察、论证，高起点、高标准地对古溪镇域和古溪集镇做全盘考虑，修订完善《古溪镇总体规划》，积极打造以东方禅寺为龙头的旅游景观区和以独支纪念馆为依托的参观游学区，做好刁网村醒农合作社筹建和观光休闲农业项目的建设；加快推进以新客运站为龙头的综合物流园区建设，培育大型物流企业；重点推进以佳源广场为核心的小城镇综合体建设，进一步聚集集镇人气，提升镇区品位。古溪人正朝着"农业强、农民富、农村美、农村社会文明程度高"的新目标阔步迈进。

"无论我身居何方，您都温暖着我的心窝。"如今，当我真正回到故乡，面对故乡的河湖，碧蓝的河水与天空浑然一体，不禁感叹，故乡的水应该是有温度的，这个温度需要我们用心去感受，用情去体会，流进我们的心里灼热成一种热烈，这也许是我对家乡的情有独钟吧。

我爱你，故乡，爱你的一草一木、一水一路，爱你的火红、你的深绿，你是我心底永远的眷恋。

（泰兴市古溪镇　夏明生）

有一种创业叫回归……

　　"一个诗人在享受了一个农场的最有价值的部分之后离开，而爱发脾气的农夫却认为，他只带走了几个野苹果。过了许多年那位主人都不知道，诗人已经把他的农场写进了诗里。"这是梭罗在《瓦尔登湖》里留下的句子，而根植于中国人血脉里的土地情结，几乎让每个人都渴望拥有自己的"一亩三分地"。都市生活是"向前"的，而总有些人想要"回去"。他们渴望摆脱冗杂的城市生活，在远离喧嚣浮躁的小城镇，拥有属于自己的一方净土。

回乡办厂报桑梓

　　他叫张文胜，出身农民家庭，2006 年自主创业，成立泰兴市胜达升降机械有限公司，经过 10 年的艰苦奋斗完成了个人原始积累；2017 年通过招商引资到河失工业园区，成立了江苏迪鼎机械有限公司，担任总经理职务。

　　从农村走出来的人，几乎都不愿意回去，因为外面的世界比农村更有吸引力，也存在着无数的机遇和希望。张文胜选择回到河失，除了河失有一支素质过硬、能力突出、结构稳定的市级招商团队外，还在于河失独特的地理位置和对企业未来发展的统筹。近年来，河失镇以泰兴城区建设向东扩展、高新区基础配套已与之接壤的战略平台为引领，打造提升向南发展、向西延伸的工业集聚区发展规划，进一步优化创新资源配置，合理布局产业链和创新链，在更大的空间内集聚，吸收高新区技术、资源辐射效应。

　　河失为企业发展创造良好的环境，也促使张文胜不断提高企业的内在素质。他始终以"品质为本，至诚至信"作为企业的经营理念，以规范生产、科学管理、服务市场为企业宗旨，致力于提供高品质的产品和完善的售后服务体系。在创新的商业营销运作模式下，凭借广大客户的支持，张文胜的江苏迪鼎正在逐步向"专业化、规范化、国际化"的方向迈进。他坚持"客户利益至上"的原则，恪守"忠诚、务实、沟通、稳健"的经营风格，努力打造叉车业领域知名品牌，引领地区行业发展新潮流。

张文胜在经营企业的同时，还不忘保持一名共产党员的先进性和纯洁性，在日常的生产、工作、学习和社会活动中，发挥带头和骨干作用。他始终坚信，常怀感恩之心是推动事业发展的不竭动力。财富取之于社会、回报于社会，实现社会与企业双赢是他经营企业的最终目标。他深知，没有河失，没有社会各界的支持，没有公司全体员工的激情奉献，就没有企业的发展和个人事业的成就。在企业取得良好经济效益的同时，他始终以投身公益事业尽社会责任为己任。几年来，企业和他个人先后向四川汶川、青海玉树、南方雨雪冰冻灾区等捐款捐物；为杨春村的道路亮化工程捐款；在新冠疫情防控形势严峻复杂的情况下，到杨春村村口的防疫检查站，为疫情防控一线人员送上防护口罩、矿泉水、八宝粥和方便面，用实际行动温暖防疫工作者的心。他还为困难群体送钱送物，始终坚持用真情关心员工，为员工营造家的浓厚氛围，把解决公司职工困难、提高生活待遇放在重要位置，在职工子女入学、农民工因农忙季节急需用钱的时候，都亲自过问，要求财务部门提前将工资发放到他们手中。

在河失，还有一群人，他们放弃城市生活，怀揣着梦想回到农村发展，家乡广袤的田野里，是他们梦开始的地方，也是他们创业的摇篮。他们在这里筑梦启航，参与乡村振兴，与家乡的父老乡亲一起，在希望的田野上，用智慧和汗水绘就美丽乡村新画卷。

"锻造"苗木产业链

他叫曹新军，泰兴市河失镇元仙村党总支书记、村主任，同时也是泰兴市绿地苗木专业合作社理事长。2008 年，曹新军从城市回到农村，和妻子白手起家，开始创业，成立绿地苗木专业合作社。回归土地，返璞归真，他说，要让自己奔波的灵魂得到暂时的栖息。回归乡村，找找最初的自己；在这些远离城市的乡野中，让心放下，已经成为乡村振兴背景下很多年轻人的选择。为了让更多的人融入农业这块"大蛋糕"里，2013 年，曹新军又萌生了在泰兴新建花卉苗木交易市场的念头。通过网络平台发布招租信息，寻找有意向创业的青年来到合作社内进行苗木创业，并为他们免除前三年的大棚租赁费用。8 名大学生创业者、青年创业者应声而来，曹新军为他们提供技术和管理上的帮助，让一棵棵苗木成为河失绿色发展的财富。

回归土地，最有价值的是什么呢？有人说，是夏日赤脚走在田野上，去村子里转悠，去田地摘瓜果，伴着水稻田里的萤火虫归家；也有人说，是推开窗户，晨雾缭绕，瓜田月下，泡上一壶茶，聊聊家常话。对于曹新军来说，回归土地，是饮水思源，回馈家乡父老。通过竞选，曹新军当上了河失镇元仙村党总支书记、村主任，此后，他便一心一意为家乡建设出力，为村民群众谋福利。承包土地、免费培训当地农户种植技术，曹新军带动贫困人口 45 人就业，以及 60 位农民工、退伍军人、大学生返乡创业。他在自己热爱的土地上，正一步步地让梦想变成现实。

曹新军说，他是幸运的，因为生活在一个好时代，赶上了好时候，遇到了坚强的后盾——凭借镇域优势资源禀赋的后发优势，以及党委政府持之以恒积蓄的发展能量，河失镇深入实施"工业强镇、农业兴镇、生态靓镇"三大战略，致力打造"泰兴中部硬核枢纽，工贸产业蓬勃高地，乡村振兴亮丽名片"。

今美于昨，明日复胜于今。一个个"望得见山、看得见水、记得住乡愁"的美丽村庄，一项项富民增收的高品质产业项目，一幅幅诗意的共富新图景，正在新时代的河失铺展开来。

以回归之名，寻访记忆中的本源。如果我有块地，我会选择在河失，把生活过成一首令人羡慕的田园诗……

（泰兴市河失镇）

一条不同寻常的路

有人说，这是一条注定充满挑战的路，为什么要走？也有人说，这是一条没人走过的路，为什么敢走？他们却说，一条没人走过的路，走过去，才能成为路；一条充满挑战的路，走下去，才有答案。充分发挥土地资源优势，点"土"成金，新街镇走出了一条不同寻常的发展路。

破冰前行

2006年以前，新街镇还是一个以稻麦两熟耕作方式为主的传统农业镇，经济薄弱村多、贫困人口比例高、脱贫攻坚任务重。如何走出一条脱贫之路，是摆在全镇人民面前的重大问题。发展高效规模农业，成为当时比较务实的路径选择。可是，怎样发展高效农业？在农业生产依然"靠天吃饭"的境况下，农户们心存疑虑。"亏本了怎么办？""销不掉怎么办？""谁来带我们干？"面对大家的犹豫不决，在泰兴市委、市政府的支持下，新街镇党委、政府痛下决心，流转50亩农田作为试验田，雇用潍坊技术员作为技术指导，由镇农技推广中心领衔承包种植蔬菜。幸运的是，第一年示范点就取得了成功，不仅蔬菜的产量高、品质好，而且市场价格也一片叫好。农业现代化让老区百姓尝到了实实在在的甜头，不仅推动了农业增产、农民增收、农村增效，更为助推乡村振兴释放了巨大动能。

老骥伏枥

那些年，他们像一头头勤勤恳恳的老黄牛，在面朝黄土背朝天的岁月里，默默开垦着自己的一片土地。他们说，坚信持续奋斗，希望就会永存。可新街的老百姓却说，他们就是一头不折不扣的拓荒牛，认准了目标，就死磕到底，敢闯敢试敢打硬仗。时光见证不凡，16 年间，泰兴市现代农业产业示范园规划面积 40000 亩，已建成 29000 亩，其中设施蔬菜面积 18000 亩、露天蔬菜 4000 亩、畜禽养殖 1000 亩、精品水果 3000 亩、有机稻米 3000 亩，入园高效农业业主 146 人，其中本地业主 58 人。2011 年被认定为"省级现代农业产业园区"；2014 年 5 月被认定为省级万亩永久性"菜篮子"工程基地；2021 年 4 月成功创建为江苏省第一批、泰州市第一家省级现代农业产业示范园，同年，获批创建国家现代农业产业园。尤其是创建以来，园区以建设"三带"为核心，以打造"四基地"为支撑，聚焦发力项目开发，补短板、强弱项，强势推进结构调整、技术创新、产业升级，农业园区呈现百"花"齐放、千"帆"竞发、产业集聚、特色发展的勃勃生机。

创新筑梦

山再高，往上攀，总能登顶；路再长，走下去，定能到达。迈步新征程，扛起"开好局、起好步"的重任，尤其需要拿出越是艰险越向前的拼劲，砥砺"咬定青山不放松"的韧劲，激扬"中流击水""奋楫前行"的干劲。新街人从"看天吃饭"到"知天而作"，技术的创新始终是现代农业发展的核心。新街镇加强了与省内外科研院所的合作，水果种植请来了江苏农科院的专家教授，在烨佳梨园建立了江苏省农科院优质梨试验示范基地，生猪生产挂靠泰州畜牧兽医学院、江苏省农科院，苏紫黑猪 1 号在江苏融港繁育有限公司落户，南京农业大学教授蹲点新街，用了大半年时间提供了众多彩色水果萝卜新品种，上万亩萝卜基地将色彩斑斓、效益递增，科技与生产的无缝对接成果累累；蔬果品种扩大到 40 多个系列，江苏省洋宇生态农业有限公司成为江苏省农业产业化龙头企业，新街萝卜正在申报国家地理标志产品；江苏烨佳梨园成为全国梨树名特优新品种展示基地。创建农民专业合作社组织34个，带动农户1850户，形成用工8000多人，2020年园区农副产品销售额突破亿元大关。2020年省级泰兴市现代农业产业示范园和国家级现代农业园区创建并轨，在不到两年的时间里，农业园区融合乡村振兴元素，匠心铸华章，绿了村庄，富了村民，传统农业在这里蜕变，智能设施大棚筑起座座绿色梦工厂。

岁月为证，奋斗不止。回望来时路，新街人说，之所以能从容应对惊涛骇浪，凝聚起砥砺前行的万丈豪情，其中的一个关键，就在于无数奋斗者挺身而出、勇毅担当。刘根新、唐红新、肖继业、鞠九华、叶玉年，还有许多像他们一样的"领头雁"，始终保持昂扬的锐气和蓬勃的朝气，挥洒汗水，艰苦奋斗，共同组成了引领区、镇三产融合发展的"群英谱"。

2012年，唐红新返乡创业，选址在泰兴市新街镇李荡村，成立了江苏洋宇生态农业有限公司，建成了融养殖、种植、生物能源为一体，产、学、研相结合的大型"农"字号集团，开创了粪污和废弃物全量资源化利用的"洋宇模式"。该模式被江苏省农委全面推广，《农民日报》《新华日报》专题宣传推荐。创新打造"猪—沼（肥）—粮—林—果—电—游"生态循环全产业链和立体利用模式，实现了土地和空间资源的高效利用。

一个人富有了不值得骄傲，帮助和带领乡亲们共同致富才是真本事，这也正是唐红新回乡创业的初衷。洋宇公司注重联结机制，真正发挥农业龙头企业的带动效益，采用"公司+合作社+农户"的方式，带动当地农户5000多户，使当地农民既可获得土地租金收益，又可从公司获得干股分红。他先后带领300多户贫困户从事种养业，为他们免费提供技术指导服务，让他们通过诚实劳动走上了致富路。同时，提供了200多个就业岗位，优先吸纳贫困户务工，农民可以成为公司员工，获得劳动报酬。

"长风破浪会有时，直挂云帆济沧海"，在新街，我们惊喜地发现，一个个奋斗着的"我"组成了"我们"，汇集成一支浩荡前行的队伍，为区、镇的发展注入了满满的正能量。他们用执着的奋斗造出一片"金土地"，点燃了老百姓的致富新希望；用实干担当奋力书写美丽园区的时代答卷，倾情铺展新街大地新的历史画卷。

路是理想，为在路上的人指引方向；路是信仰，为在路上的人赋予力量。以必成之心，创未有之业，奋斗路上，新街人一直在努力！

（泰兴市新街镇）

奔腾的
老龙河

食之美味在曲霞

那些人世间的美好，一直都在我们身边。假如你回眸，那些细碎的美好就会撞入你的眼帘。同样，当我们对一个地域非常熟悉又饱含深情，那些曾经的记忆就会让你忽然甜蜜起来。所以，曲霞，当这个富有诗意的地名从脑海里跳出来的时候，我们心中最初的那份甜蜜应该是从它的美味开始滋生出来的。

曲霞镇，临近长江，靖泰界河、羌溪河、焦土港，纵横交错，水网密布。曲霞，古称蟾蜍圩，后人称虾蛤圩、霞幕圩。那拥有 400 年历史的十方古庵，诉说着如烟的往事。

印达的葡萄熟了

以烈士名字命名的印达村，走在新农村建设的前头。印达村的特色为"三二一"，即"三个建设""二个传承""一个活动"。建设印达烈士陵园和烈士故居，缅怀革命先烈；建设德法讲堂、乡贤堂、讲习所、美德善行榜，供后辈及乡邻学习参观；建设红色文化长廊，弘扬先烈革命精神。

但让大家记住印达的不只是红色传承，还有香甜诱人的葡萄。"今年葡萄大丰收，果子甜，能卖个好价钱。"走进江苏省泰兴市曲霞镇印达村，葡萄的果香扑面而来，葡萄种植户吴根女笑得合不拢嘴。在她身后成片的葡萄大棚里，一串串葡萄挂满枝头，十分诱人。

"小葡萄"种出"甜蜜经济"，迈步全面小康，助力农户增收。近年来，在党的富民政策指引下，葡萄产业逐步成为印达村全面小康的支柱产业之一。

印达村利用农业产业政策以及本村资源优势，发展高效特色农业，成立葡萄种植专业合作社，打造印达"夏黑"葡萄、印达"醉金香"葡萄、印达"巨玫瑰"葡萄等品牌。目前，印达村葡萄种植规模1125亩，农民年亩均收入达到2万元，带动100多名村民就业，葡萄种植让广大农户尝到了特色产业的甜头。"下一步，我村将探索种植早熟葡萄品种，错峰上市，助力农户进一步增收致富。"印达村村干部很有信心地说。

戴窑的螃蟹肥了

清蒸大闸蟹、香辣蟹、糖醋蟹、面拖蟹、蟹王豆腐、炝蟹、蟹黄豆腐、蟹肉酱……一桌以螃蟹为主要食材的螃蟹宴，色香味俱全，引得人垂涎欲滴。

戴窑村因窑而得名，历史上因为烧砖取土而成为当地的低洼地，逢雨就涝，制约了传统农业的发展，是省定经济薄弱村。由于地势低，种植粮食容易造成水灾，产量、品质都受到影响。2017年，村负责人通过农业招商，引进能人发展提水养殖，目前螃蟹养殖基地面积1200亩，其中蟹苗培育基地200亩，集蟹苗培育、成蟹养殖于一身，为村内、村外螃蟹养殖户提供优质蟹苗，并注册"老渔民"商标，产出的螃蟹畅销上海、苏南等地区，全村已形成产、贮、销"一条龙"良性发展态势。

戴窑村打破地势的困境和瓶颈，走出了属于自己的一条小康之路。螃蟹养殖项目既解决了土地抛荒难题，又增加了村集体收入，每年实现产值近800万元，增加村集体经营性收入12.8万元，还带动了螺蛳销售、饲料销售、物流配送等上下游产业的发展，周边农民增收近80万元。

"过雨黄花千蕊发，经霜紫蟹两螯肥"，说的就是秋时下雨之后，千万朵的黄花都盛开了，经过霜的紫蟹两只螯非常的肥美，那真是"才掀裙盖品膏腴，再探腹底试温凉。软玉高耸慢摩戏，香汁满盈轻吮尝"。待到秋凉叶黄时，你不想念戴窑肥美的螃蟹吗？

曲霞的汤包美了

曲霞汤包，闻名遐迩。街坊流传"泰兴汤包出曲霞"，有些专做汤包的店铺甚至已有上百年历史。一些民间美食家雅称曲霞为"中国汤包之乡"，足见其喜欢之意。

曲霞蟹黄汤包已形成独特的产业文化。汤包关键是汤汁，必须选用当地散养的草鸡、老鸽子和猪大骨煨熬成汤，拌和蟹肉蟹黄，以独特的工艺制作而成，其鲜味由优质的食材自然生成，味道香浓鲜美，唇齿留香，因此在味觉上与其他地方的汤包相比，有着明显的特点。

在曲霞，每个经营者都有自己调配制作汤包馅独特的"秘籍"。熬好蟹油之后，准备好秘制冻膏，如何做，怎么配料，这些都属于独家秘方。包括挖馅儿、掐皮、折皱，一气呵成。每一个蟹黄汤包需要折出30道左右的褶子才算完美。

"秋风起，五谷黄，蟹脚痒，汤包香。轻轻提，慢慢移，先开窗，再喝汤。"每到秋风起时，名扬海内外的曲霞蟹黄汤包已经散发着它独特的香味，吸引了众多饕餮客前来觅食。蟹黄汤包已经成了曲霞镇一张响亮的名片。

其实，在曲霞镇能让我们回忆的美味不只是印达的葡萄、戴窑的河蟹、曲霞的汤包，还有朱圩水生蔬菜、优质稻米。

曲霞镇自古以来就是优质稻米的生产地，农作物种植以传统稻、麦两熟为主。为响应党的农村改革创新政策，大力发展新型农业经营主体，推进农村土地规模经营，提高土地利用效益，实施土地大面积流转，农业生产以散户个体经营向大户规模经营发展，推进传统农业向现代农业转型升级，创建了省级绿色优质农产品（水稻）基地，粮食单产保持13年连增，年均递增4%。2021年小麦平均单产已达460公斤/亩，水稻平均单产达693公斤/亩。建立全镇稻麦优质农产品试验区，主推测土配方施肥、农药化肥减量施用、优质食味水稻绿色高质高效生产、无人机施肥施药等新技术应用，围绕市场需求试验新品种，提升粮食品质，2019年被江苏省农业技术推广总站、江苏省作物学会、江苏省水稻产业技术体系评为江苏省"味稻小镇"。

曲霞镇以科技进步为支撑，在牵头企业的带领下，进一步扩大生产规模，实施订单农业生产，注重品牌效应，精心打造了"曲霞金帆""业帆意顺""雾帆"牌大米、香米、糯米等系列大米及"雪霞"牌油条专用粉、特一小麦粉等商标，并且加快推进农业新型经营主体发展，建成50亩以上的高效设施草莓生产基地2个、高效设施蔬菜面积1046亩、高效设施渔业面积75亩。

因水而生，因水而兴，曲霞已然成为苏中重要的粮食加工基地。曲霞产面粉、挂面、精制大米畅销省内外，肉鸽、甲鱼、菜牛、泥鳅、黄鳝等特种畜禽和水产丰富着城乡居民的菜篮子。这里，蔬鲜果美；这里，食材荟萃；

这里，将永远地记载我们对于家乡美食的记忆。

食之美味在曲霞，真正是名副其实。

（泰兴市曲霞镇）

富民强村 "新农人"

人才振兴是乡村振兴的基础，泰兴广阔的土地上，活跃着一批为乡村建设发光发热的致富带头人，他们是活跃在田间地头的 "兴农人"，也是新时代的 "新农人"。在泰兴市广陵镇，当地党委政府不断帮助传统农民解决农业产业小、散、多、弱的先天不足，带动农民走农业信息化、市场化、现代化的发展道路，对内挖才，发掘本地乡土人才、创业能手，培养了一批有智慧有想法、敢闯敢干的 "新农人"，在乡村振兴的舞台上大放光彩。

扎根基层　做群众致富领头人

"她是我们的好书记，因为有了这样的带头人，大家的日子才过得红红火火。" 当村里人夸赞曹市村党总支书记周金兰时，她羞涩一笑说："这有什么，我是村里的党员干部，有责任带领大家一起过上更好的日子，大家富，乡村振兴才有未来。"

富民优先，村干部心里只有装着老百姓，处处为老百姓着想，才能得到他们的信任，心里也才踏实，周金兰深谙其中的道理。自 2013 年 10 月当选曹市村党总支书记以来，她带领全村进行基础设施建设以及农村经济改革，4 年时间，曹市村由原来的后进村成为全镇名列前茅的先进村。

她总是身先士卒，事事带头，处处争先。她牢记群众利益，真诚为民办事。"你是不是在真诚地为群众办实事、办难事，大家都会看在眼里，记在心里。你付出十分真心，村民一开始可能对你只有一分真心，但你坚持住，慢慢他会对你付出两分真心、五分真心，最后他也会付出十分真心。" 这是周金兰常挂在嘴边的话。她紧跟时代步伐，力推经济发展。为了摆脱以往村经济收入"坐等靠要"的局面，实现"自我造血"，周金兰带领班子广泛调研，请教专家，实践一个又一个新举措。曹市村领办家庭农场以来，土地增效，村集体农业经营实现收入增加，还吸纳 60 多名剩余劳力参加田间管理。农民收入高，口袋鼓鼓囊囊的，脸上的笑容也更多了。

周金兰为了美化人居环境，建设美丽乡村，在新居委会里安装了体育设施，为村民休闲健身提供了好去处；她兴建农家书屋和群众文化活动室，购置各类书籍 800 多册，开阔村民的眼界。"口袋富、产业兴是乡村振兴的关键所在，农民的经济收入增加了，精神也要富足起来。"周金兰说。如今的曹市村，村容村貌焕然一新，群众的物质、精神生活水平都得到了较大幅度的提高。

历经蜕变　做小康路上织梦人

从工厂的操作工，到直销产品的管理者，再到家庭农场经营者，"80 后"创业者费琳琳是出了名的爱折腾，但无论干哪一行，她都以坚韧的闯劲在行业内发光发亮。作为一名"新农人"，她利用掌握的现代农业新技术，融入绿色消费新理念，以"直播带货+短视频+志愿服务"等形式，宣传、销售广陵农产品，让新鲜的蔬菜从地头直达灶头。

"我就是个闲不住的人，就想在家乡的土地上能够最大限度实现自己的梦想，干出一番大事业。"费琳琳说。2016 年，她回到广陵镇流转 100 亩土地，成立织梦家庭农场，从事绿色种植养殖。几年来，织梦家庭农场通过线上、线下销售，不仅让自家种植的蔬菜畅销周边县市商超、农贸市场，还为全镇众多家庭农场发挥了示范带动作用，并采用以销促产、产销融合的方式，帮助全镇蔬菜种植户稳定增收。

费琳琳大胆尝试通过微信等移动端 App，拓展指尖上的销售渠道。她开发了一款"搭伙" App，让农场的鸡蛋、土鸡等产品"搭"上微营销、走俏"朋友圈"，拥有了一批粉丝客户。当前，电商销售成为不可抵挡的营销潮流，于是费琳琳采用"产品+电商+零售"的销售模式，利用微信群进行接龙，在线上销售农副产品，然后统一配送。从一开始的一个月配送一次，到一个月两次，到一周一次，再到后来的每天配送，农场生产的产品都能一售而空，很受欢迎。

现在的织梦家庭农场已经形成水蜜桃、蔬菜、鸡、猪等立体式多元化种养产业模式，带动周边近 50 名剩余劳动力在家门口实现就业，每人每月增加收入近 1500 元。广陵镇织梦蔬菜种植专业合作社所有家庭农场累计提供农民就业岗位 1500 个，为村民增加收入近 200 万元。费琳琳在自己创业的同时，不忘自身的社会责任，还帮带了 12 名低收入农户脱贫致富。她带动乡亲们一起开发"特色种养殖"基地，在这里，游客们可以认领土地，体验种植养殖的乐趣，享受品尝自己劳动成果的甜蜜；可以休闲嬉戏，享受煮茶品茗的惬意田园生活……

费琳琳用她的干劲、闯劲、钻劲，不断成就着自己和他人的人生梦想，用勤劳的双手，为乡村振兴的画卷添上了一抹亮丽的色彩。

返乡创业　做绿水青山守护人

30 岁的辛虎，看上去就是踏实憨厚的人。2014 年的一天，他在报纸上看到"绿水青山就是金山银山"的论述，心里无比激动。在外打工的他，经常看到的是别处秀丽的村庄、优美的风景，他开始思考怎样将自己家乡的绿水青山变成金山银山。

每次回家，看着父母背农药的次数越来越多，家中河塘因农药的渗入，水质越来越差，鱼的产量越来越低，他就开始盘算如何让大家种田不打农药，也能将害虫治理。他上网查询资料，向农业专家请教，最后想出利用青蛙治理虫害的方法，并学习稻蛙养殖。家人开始不同意，觉得是异想天开，但是拗不过他的犟劲，想着这样也是为了减少环境污染、造福子孙后代，就同意了辛虎的想法，并协助他展开试验尝试。

但是一边外地打工，一边实现理想，时间和精力对刚开始进行绿色治理害虫的试验并不现实，经历多次失败以后，2017 年初，辛虎终于下定决心返乡创业，全心全意进行蛙稻结合的高效农业养殖。

他不辞辛苦，专门到湖南、湖北、重庆、四川等稻养结合比较成功的地方参观学习。2017 年他试验养殖面积 30 亩，当年就实现了盈利。2018 年他成立辛氏水产养殖中心，扩大养殖面积。他不仅自己创业，还带领周边养殖户进行大面积蛙稻结合高效养殖。2019 年他在扩增养殖面积的同时，带动就业 40 人。他为人厚道，创业途中不忘扶助乡邻，得到大家的一致称赞，利用高效农业养殖致富也得到了地方政府的大力支持。

创业的道路上，他从未停止脚步，现在的他又开始试验黄鳝与稻共生的新模式和水箱养殖龙虾、南北对虾的新方法。他相信，在自己的努力下，一定会在改善生态环境的同时，实现农田的利益最大化。

稻花香里蛙声鸣，蜜桃甜甜迎丰庆。泰兴市辛氏养殖中心的辛虎凭着永不言弃的干劲、刻苦钻研的韧劲、改革创新的闯劲，和乡亲们一起走出了一条生态优化、产业高效、绿色发展的共同富裕之路。

致富不忘反哺社会。辛虎积极组织和参与各种社会捐助活动，在新冠疫情期间，利用一切资源发动养殖户募捐 43189 元，购买一次性劳保防护口罩 107000 个，全部捐给抗疫一线。

在践行乡村振兴战略的具体实践中，广陵镇党群同心，干群同向，聚力强村富民，聚焦产业振兴，不断汇聚资本"充电赋能"，厚植产业"惠民动能"，增强村级"造血功能"，培养地方能人。无论是领头人、织梦人还是守护人，这些新时代的"新农人"正用勤劳和智慧为乡村振兴描绘出一幅幅美好的画卷。

（泰兴市广陵镇）

千年银杏发新叶　古镇宣堡生新枝

宣堡建镇于宋神宗年间，相传公元 1130 年，民族英雄岳飞麾下大将宣秉在此安营建堡，抗击金军，"宣家堡"因此得名。它南达吴越、北通江淮，交通便利、航运发达，京沪、泰镇高速穿境而过，通往泰州大桥仅需半小时。解放战争时期，著名的"苏中七战七捷"首战——"宣泰战斗"在此打响，红色基因深厚。

泰兴素有"银杏之乡"的美称，而银杏树木最多、最具特色的要数位于泰兴北部的千年古镇——宣堡镇。

银杏，俗称白果、公孙树，是世界上最古老的树种之一，果可食用、叶可入药、木可成材、根可雕琢，全身是宝，利用价值极高。宋欧阳修有诗云：鸭脚生江南，名实未相浮。绛囊因入贡，银杏贵中州。极其形象地描述了银杏叶片的形状，以及银杏果实的价值。宣堡自古就有种植银杏的传统，定植银杏树 35 万多株，其中百年以上的古银杏树万余株，更有 3 棵风姿绰约的千年古银杏树巍然耸立在古银杏群落之中。

旅游兴业　古镇生态出亮色

古银杏枝繁叶茂的巨大树冠和矮干形成了泰兴银杏的独特姿态，片片大树或围于村庄，或分布于沟边、路旁，浑然天成，映衬成趣，犹如华盖云集，四季景色各有千秋。

为了发展生态旅游，宣堡镇紧紧围绕生态涵养区目标，累计改扩建"四好农村路"78.9 千米、重点桥梁 25 座；建成"国家生态文化村"2 个、省特色田园乡村 2 个、省美丽宜居示范村 6 个，先后获得"国家级生态镇""中国森林文化小镇"等称号。累计关停取缔"散乱污"企业 12 家、升级改造 31 家，生态环境工作连续 3 年获市一等奖。

古色古香的门楼，幽静典雅的茶室，遮天蔽日的树冠……镇村形象不断提升，知名度、美誉度不断提高。按照市委、市政府提出的将宣堡镇打造成生态涵养区的发展定位，始终坚持生态优先、绿色发展理念，持续推动农林文旅融合发展，推动乡村旅游发展，使得来宣堡旅游休闲的人数不断增加，每年吸引游客约 30 万人次。

"银杏树浑身是宝，独特的银杏风景不仅可以美化庭院，还能吸引不少游客，大家开茶吧、搞民宿，又多了一个挣钱门道。"村民们深有感触地说。

产业融合　银杏发展开新路

宣堡镇常年银杏果产量可达 1 万吨，占全国产量的六分之一，被誉为"中国银杏第一镇"。20 世纪八九十年代，银杏果价格一路飙升至每千克 80 元，宣堡上万人从事银杏果的售卖、加工，这里兴建起全国最大的银杏交易市场。进入 21 世纪，银杏果价逐渐低迷，该镇给这棵"老摇钱树"换了个"摇"法，在银杏森林生态游、银杏林下经济以及银杏果叶深加工等方面动起了脑筋，谋求银杏产业的深度融合，激发这一富民产业新活力。

以银杏产业融合为主题，泰兴市委、市政府推动宣堡联合新街镇、根思乡等，一起创建国家级现代农业产业园。其中，以银杏为主题的产业园设在宣堡镇郭寨村，一期占地 185 亩，着力围绕银杏资源，构建融银杏育苗、观光、深加工和产品研发展示体验以及银杏主题度假等为一体的产业融合发展链。创建国家级园区，以更广阔的视野、更高的标准审视银杏产业，更好地调整产业方向，适应市场需求，对整个地区的银杏产业发展起到示范引领作用。

推进银杏产业融合发展，是创新和富民的叠加融合，给百姓增收带来了"福音"。市场供需失衡，出现价格大跌，政府积极发挥宏观指导作用，帮助银杏果农们化解种植风险，防止乱砍滥伐，避免产业剧烈起伏，维护农民利益。宣堡镇对从事银杏技术创新的企业给予大力扶持，比如，在银杏果仁去皮、纯粉制作等方面获得国家发明专利的珍杏堂科技有限公司落户宣堡后，就获得了厂房租金优惠、融资助力等多方面支持，投产第一年就消化当地白果 600 多吨。

政府在银杏深加工方面加大对企业的扶持，积极探索制定各种优惠政策，不断提升深加工产品层次。同时重视科技人才的引进和培养，加强与科研院所、院校的合作，围绕银杏果、花、材、叶、外种皮开发高科技含量、高附加值产品。产业融合，为地方经济"造血"，2021 年，地区生产总值从 9.3 亿元增长到 14.11 亿元，工商税收从 0.64 亿元增长到 1.72 亿元，工业开票销售从 6.3 亿元增长到 9.9 亿元，居民人均可支配收入从 1.85 万元增长到 2.56 万元，分别是"十二五"末期的 1.61 倍、2.69 倍、1.57 倍和 1.38 倍。宣堡人敢于创新，勇立潮头，为发展地方特色产业做出了实绩。

品牌塑造　深挖致富新门道

品牌塑造的过程，不仅是对自身价值的定位，也是可持续发展的必经之路。宣堡镇不断打造银杏产业特色品牌，充分利用特色品牌，赋能乡村振兴，重点打造生态名镇、美食小镇、旅游示范镇。

2017 年，宣堡镇荣获"中国最美银杏文化小镇"称号。泰兴国家古银杏公园位于境内，规划面积 1600 公顷，被专家誉为"自然之奇迹，休闲之胜地"，2018 年获批省级"银杏养生风情小镇"。秉持生态优先、绿色发展理念，积极打造"路在绿中、镇在林中、人在景中"的生态涵养区，林木覆盖率达到 65.3%，2017 年荣获"国家级生态镇"和"中国森林文化小镇"称号。

宣堡特色美食远近驰名：宣堡小馄饨美誉已逾百年，皮薄馅嫩，味美汤鲜，面皮薄似宣纸，几近透明，可以用火柴点燃，堪称一绝；三合水大闸蟹体大膘肥、青壳白肚、金爪黄毛、膏红肉甜，媲美阳澄湖大闸蟹；宣堡生姜丝选料讲究、工艺精细、配方独特，不但味美可口，还具有健胃祛寒、开胃消食、解酒解毒等功效。此外，宣堡的银杏佳肴、大铁锅红烧肉、红烧老鹅、宣堡小公鸡等美食，也颇负盛名、享誉周边。

宣堡坚持打造开放式 5A 级古镇，立足于生态涵养区和全域旅游示范区的目标，实施宣堡镇全域旅游发展提升行动计划。以路为轴，打通全域旅游"神经末梢"，科学设置旅游线路，打造多个彩虹式交通循环线，形成多个包括 10 千米线路、15 千米线路、半程马拉松线路等。差异化打造景观大道，分别融入银杏养生元素、红色文化元素、浪漫爱情元素等，打造樱花、桃花、香樟等 10 条主题旅游线路，给游客一种"最美风景在路上"的体验。以水为媒，打造特色水上游览线路，围绕宣堡集镇范围内的中宣堡港、老宣堡港、友谊中沟形成的区域，打造集镇水上游览小循环；围绕郭寨生态园和古银杏公园，连接宣南中沟、肖崇中沟、宣堡港，打造外部水上游览大循环；围绕古银杏公园人工湖、梅花岛、鲤鱼湖以及连接东西的月亮湾、仙脉河等，开发银杏公园水上循环线。

古镇宣堡，和时光的洪流一起不停向前奔驰，和古老的银杏树一起萌发着翠绿的新芽。它的美丽让游子有怀乡的情愫，它的发展让青年有了创业的冲动。它既古老又青春，既深沉又火热，奋斗的激情让这块神圣的土地散发着与众不同的光辉。

（泰兴市宣堡镇）

烟火气里的菜市场

有人说，如果想要感受一座城市的烟火气，就应该去逛逛它的菜市场。菜市场确实是一个最接地气的地方。我喜欢逛菜市场，这里是最具有市民气息的地方，是可以斤斤计较的地方，是可以挑肥拣瘦的地方，是把一分钱看成一块钱的地方，是可以感受世间百态、万物变化的地方。

潮湿的烟火气

说实话，多年前的菜市场，阴湿腥臭。它存在于这个繁华城市的楼群的夹缝中，四周的楼群挡住了阳光，阳光少得可怜。陈旧的下水道排不了那么多的水，于是，本来就不平的路面，便有了一个又一个坑坑洼洼的小水滩，即使在晴天，菜市场也是泥泞不堪。

为切实改善市民菜篮子购物环境，近年来，泰兴有计划地实施了菜市场的提升改造工程，完善硬件设施，提升管理水平。随着菜市场环境改善，菜市场光线好了，污水没有了，空气清新了。如今，如果时间充裕的话，我都会去家附近的菜市场逛个几圈，不慌不忙地感受泰兴这座城市独特的烟火气。

灵动的烟火气

偶然一次机会，我逛到了位于泰兴城北的众安港邻里中心，这是一座高颜值、综合型的新型社区综合体。在综合体的一楼，竟然还藏着一个菜市场，不同于传统的菜市场，这里干净、明亮、整齐、时尚，不仅如此，在菜场内，休息区、茶水间、母婴室等一应俱全，还配有雨伞、微波炉、急救箱等物品，可为周围居民提供全方位的服务，让居民在购物之余体验花园式菜市场。

一进菜市场，真的可以用"满心欢喜"来形容我的心情。大厅放置的"智慧菜市场"显示屏能让顾客将市场介绍、商户信息、食品安全、科普农贸、客流数据、室内温度、今日特价等信息一览无余。

室内空间宽敞明亮，地面干爽整洁。各个档口的招牌颜色统一，蔬菜、肉类、水果、水产、豆制品等各类农产品，被划分在不同的区域。绿油油的青菜、白里透青的萝卜、水灵灵的芹菜、红润润的番茄、绿衣带刺的黄瓜，鲜嫩丰富，琳琅满目。

据悉，市场总面积为 1645 平方米，摊位数量为 40 个，并设置有检测室及客服台。市场按星级生鲜超市理念设计装修，采用智慧化可溯源系统运营管理，建立智慧零售体系，打造智慧菜市场，功能分区包含交易区、微型商超、党建阵地、快递寄存站、共享餐区、社区服务站、微型本地特色农产品销售区等，突出"质朴生活味""智慧科技感"的主题，在保持原有泰兴老风味的基础上，运用科技手段打造"新型智慧菜市场"，与邻里中心配套成为精致综合性社区商业，形成 15 分钟生活圈。

文化的烟火气

"一座城市最吸引我的，从来不是历史名胜或者商业中心，而是菜市场。"《舌尖上的中国》总导演陈晓卿曾说过这样一句话。菜市场是居民在城市生活中必不可少的公共空间，也是能够体现城市精神与城市文化特色的一张名片，它的存在不仅为城市居民提供了商品交易的空间，更为一座城市打上了实实在在的文化烙印，无法磨灭。如今，在城市的现代化建设中，居民的生活方式发生了很大改变，科技融入日常生活带来的是生鲜超市、新零售等一批新业态的出现，菜市场虽然是处极具人间烟火气的市井之地，也需要不断结合更多的艺术元素，创造更聚人气的购物空间。

小小菜市场，牵动大民生。从马路边的小菜摊，到传统的室内农贸市场，再到如今新兴的智慧菜市场，人们买菜的环境不断改善，体验不断提升。在数字技术帮助下，老百姓的"菜篮子"将拎得更舒心、更放心。实际上，这只是泰兴城投集团为城市建设未来的一个缩影，作为"城市建设的主力军"，城投集团切实履行国企担当，在市政工程建设、深化转型改革、科技创新发展、履行社会责任等方面交出了一份出色的答卷。一个个项目的竣工，一座座高楼的矗立，不仅是城投人埋头苦干的成果，更是其内化时代精神的结果，以务实创新的匠心精神筑造精品工程，助推泰兴这座活力新城的变化发展。

人的一生，忙忙碌碌，会去很多地方，看很多的风景，每个人的追求不同，自然选择也是有所差异的。正如汪曾祺先生所言："到了一个新地方，有人爱逛百货公司，有人爱逛书店，我宁可去逛逛菜市场。看看生鸡活鸭、新鲜水灵的瓜菜、彤红的辣椒，热热闹闹，挨挨挤挤，让人感到一种生之乐趣。"未来，泰兴市民即将迎来更多、更优质的菜市场，它们将更干净、标准更高、离家更近，在那里，不仅可以看到、买到日常在传统菜市场中出现的那些瓜果蔬菜，还能意外地发现很多创意灵感在食品领域的体现。市井文化与时尚文化进行碰撞，最终出现了不一样的火花，让年轻的泰兴更时尚，让更多的泰兴年轻人走进菜市场，在那些充满烟火气的细碎点滴里，聆听历史前行的足音，感受时代的发展和律动。

人间烟火味，最抚凡人心，记住了乡愁，记住了妈妈的味道。

（泰兴市城市投资发展集团有限公司　陈　玺）

开往春天的公交车

走过春秋，历经冬夏，一座城市的沧桑巨变被镌刻在时光里。泰兴城市公交的发展，紧随着时代的车轮滚滚向前。

29 年前，泰兴市公共汽车公司成立，从此，泰兴有了第一批公交车，华夏牌公共汽车 24 辆，牡丹牌公共汽车 2 辆，公交线路 6 条，数量屈指可数。到 2010 年，新的泰兴市泰通公共交通有限公司应运而生在时代征程上，每一个平凡的公交人怀揣梦想，接续奋斗，为公交发展的峥嵘岁月留下了真实而动人的注脚。

传承：车型更新迭代　精神一脉相承

1993 年，23 岁的叶萍通过培训，成了当年为数不多的公交车女司机，一直到年满退休，她驾驶过燃油、燃气车，也驾驶过气电混合公交车和纯电动公交车。"身为一名驾驶员，在我的职业生涯中，最大的感受就是车辆越来越高级了。我的整个青年时期都在公交度过，它见证了我的成长，我也见证了它的发展。"在叶萍看来，公交车型的变化就是新时代公交事业发展的一个缩影。

2013 年，泰通公交新购 30 辆 LNG 燃气节能环保型公交车投入营运，也是这一年，叶萍同志的丈夫李年群决定和她一起投身到公交事业中来，工作经验丰富的叶萍自豪地向丈夫普及新车型："咱们以后啊，就一起朝着绿色环保的方向一路疾驰了。"

时光飞逝，转眼来到 2018 年，叶萍夫妇的儿子李泰也来到公交公司工作，一样意气风发，一样满怀激情。这一年，泰兴市首批 30 个电子公交站牌于 8 月 31 日正式投入使用，城区公交新一批 30 辆纯电动公交车于 11 月 26 日投入使用。望着市民出行条件得到进一步改善，望着儿子年轻的身影忙碌在运输一线，叶萍夫妇露出了欣慰而满足的笑容。

奉献：舍小家为大家　真情服务万家

公交车型不停地更迭换代，公交服务也经历了不断的传承创新。泰兴公交 2 路线女班长鲁建华，虽然只有 10 多年公交车驾龄，但安全行车、微笑服务让她收获了乘客的广泛好评。

2 路线是泰兴市公交的黄金线，乘客中老人、学生较多，鲁建华能在保证安全驾驶的前提下，适时提醒乘客注意乘车安全，每到上放学时间，总是及时提醒小朋友们有序上下车。鲁建华一直保持微笑服务，极为关注车厢内部细节，她自费装扮了最红火的国庆主题公交、片片枫叶的最美公交、大红灯笼的新年公交等，给乘客带来了不一样的乘车体验。这些年，2 路车内常年配备雨伞和一次性雨衣，恶劣天气情况下乘客可以免费取用。尽管被乘客借用许多，但总量不减反增，原来是一些热心乘客了解情况后，主动将家中闲置的雨伞奉献出来，以解其他乘客不时之需，营造了小城大爱的生动氛围。

鲁建华的丈夫常年在外地工作，最辛苦的那几年，孩子上高中，她因为工作很早就要出门，只能凌晨 5 点起床为孩子简单准备些饭菜。到了孩子高中毕业的暑假，本想花些时间陪伴孩子，到头来，还是身不由己，倒成了孩子在照顾妈妈。但每每看到末班车到站后乘客渐行渐远的背影，她又深刻地感受到公交事业的意义，能让更多的家人陪伴在孩子身边，鲁建华感到很值得。

她在平凡的岗位上忘我工作，默默奉献，用实际行动谱写了一曲公交人的奉献之歌，让公交文明之花绽放在银杏之乡。

创新：智慧科技加持　助力公交发展

在家中手机轻点 App，就可以知道自己要乘坐的公交车多久能到站，上车后只需要打开手机轻轻一扫，就能够完成乘车支付……2019 年以来，随着泰兴市加快推进智慧公交建设，公交出行变得越发高效便捷，公交发展驶入"快车道"。

每周一至周五，家住华泰新村、在济川药业集团工作的市民曹琨都要乘坐 18 路公交车上下班。"往常坐公交都要掐准时间，提前赶到站台等车，生怕错过了这班车，影响到上下班。"随着"泰兴出行"App 的推出和普及，泰兴市民迈入"掌上出行"时代。除此之外，市民的候车环境也同步得到了改善，不同于传统两杆一牌的简易式站牌或雨棚坐凳式公交站台，2020 年起投入使用的智能化公交站台，不仅空间更大、造型更美，还多了一块智能显示屏，能实时精准显示车辆到站信息及各公交线路的走向，公交运行状况尽在掌握，大大提升了市民出行的幸福感。

"近 30 年来，市民看到更多的可能是外在的直观变化，但实际上公交在精细化、智能化管理方面也在快速发展。"公交公司调度员刘斌说，每天通过公交智能调度系统实时监控各班线运营状况，科学调配班次运力是他的工作日常。看着城市交通安全通畅有序运行，每一位公交人都能感受极大的成就感。

这是开往春天的公交车，装满了人世间的温情，一幅幅动人的画面构成了泰兴最动人的风景。

春天来了，这一辆辆开往春天的公交，载着走向春天的人们，伴随着歌声驶向美好的远方。

[泰兴市交通产业（集团）有限公司]

港口雄开万里流

傍晚时分，夕阳西下，宽阔的长江上映照出五彩缤纷的晚霞。江水安静，浪声细柔，绚丽的晚霞，远航的货轮，飞翔的海鸥，好一幅万里江山夕阳图。

港口上，三三两两的年轻人，他们沐浴江风，听着涛声，凝望晚霞，诉说、倾听着各自心声。他们心怀梦想、身怀本领，他们扎根泰兴、不断成长，铸就着泰兴港不断前行的力量。他们就是泰兴港口人。

君爱港口繁忙处

"君爱港口繁忙处，来去五湖四海船。"港口，更懂得互联、互通、共建、共享的珍贵所在。2017 年，泰兴市港口集团有限公司正式成立，泰兴港乘着一体化改革发展的东风，迎来了前所未有的发展机遇。始终围绕"以港为基、多元发展、转型升级"主线，紧扣港口产业，稳步推进建设运营、拓展港口业务、加快推进智慧港口建设，努力建成产业布局合理、主业优势明显、效益显著提升的高质量发展港口，泰兴港口人用奋斗书写了逐梦蔚蓝、通江达海的时代答卷。

港口是重要的基础性、枢纽性设施，港口资源聚集程度、港航事业发展水平是一座城市、一个区域通江达海能力的重要体现。在经济全球化的大背景下，港口经济举足轻重。泰兴港口集团充分发挥长江泰兴港区产业港属性及龙头企业的优势，以自行建设、兼并重组、资产收购、统一运营等模式，全面整合泰兴市沿江及内河港口资源。深入推进《泰兴港区危化品码头运营整合方案》的落实、落地、落细，加快推进金燕液体化工码头的建成运营、滨江通用码头的对外开放及后方堆场的建设投产，收购成兴国投持有的过船港务公司 30% 的股权，整合如泰运河液体化工码头、老交运码头及古马干河永泰化工码头资源，在做大做强港口集团资产、提升集团盈利水平的同时，形成港口集团掌控除过船通用码头外长江泰兴港区过船作业区其他所有码头运营权的格局，既为经济开发区招商引资项目的成功落地提供了港口资源保障，也很大程度地提高了港口集团在区内企业的话语权及码头产业的定价权。

加快推进滨江作业区内港池码头群的建设、市域东南和西北方向各一处的内河砂石码头的选址规划和建设，依托布点在泰兴市的砂石集散中心，形成一个中心、三个装卸点的砂石集疏运体系，打造港口集团新的利润增长点。根据上述涉港资源的整合进展及运营情况，适时将各码头资产注入港口集团下属码头运营公司，使其拥有大量优质资产并具有可持续盈利能力，为码头运营公司推动 IPO 奠定良好基础。

智慧港口一帆悬

紧跟时代潮流，方能立于不败之地。泰兴港口集团意识到，智慧港口建设及管理是今后港口发展的必然趋势，利用互联网技术和大数据的思维实现港口的智能化、自动化和无人化，助推港口转型升级和企业提质增效，是建设国际强港的信息化保障。联合钱峰院士团队、中国科学院微电子所、交通运输部水科院，成立智慧港口工程中心，建立化工码头综合管控平台与散货液体化工码头自动化平台，利用现代数字技术对传统业务模式进行创新和重构，用数字化改造加速港口运营管理向高质量转型。2022 年，由泰兴市港口集团有限公司投资建设的泰兴市智慧港口建设项目成功入选"2022 年智慧江苏重点工程项目"，是泰州唯一一家入选企业。这是对港口集团信息化、智能化建设成果的充分认可和肯定，标志着港口集团已经在港口信息化建设方面走在前列。

"泰兴市智慧港口建设项目"是港口集团以高效率、高质量、高安全和低碳节能为主旨，以建设环境友好型的生态港口为出发点，依托 5G、北斗、物联网、区块链、数字孪生、人工智能等新兴技术，赋能长江液体化工码头综合管控及大型散杂货码头智能化生产运行的业务场景，打造"省内领先、全国一流"的具有泰兴特色的平安、绿色、智慧型港口的智能生产与一体化管控平台。该项目采用多项自主知识产权、创新性、行业领先的关键技术，应用于散杂货码头生产管理、化工码头综合管控、一站式物流交易、无人机自动巡检及智能装船应用等多个场景，将以智能化推进泰兴港口发展，将泰兴港口建设成国内一流的智慧型港口，引领并推动泰兴市内河港口高质量发展。

生态港口展新颜

对于港口集团来说，长江是一本读不完的书。碧绿的江水，倒映着白云、蓝天，青青的麦田，几只白鹭时而飞起、时而小憩，那么惬意又慵懒。江堤上，那一树一树的新绿沁人心脾，生长着希望与无尽的遐想。港口集团在"以港兴市"和"沿江一体化发展"战略大背景下，扎实推进"港产城"融合，积极推动沿江港口转型发展、特色发展、融合发展，努力提升沿江港口发展的层次和质量，港口发展取得了明显成效。

注重环保，推动创新，将绿色智慧发展理念融入港口规划管理、港区整体开发、码头装备更新等港口发展的全范围全过程，加快港口清洁能源动力更新和智慧化升级，全面实施港口装备更新、港区绿化、数字场景和智慧运行等工程，开创长江港口绿色智慧新时代。推动港口绿色化发展。集约利用港口岸线，发达地区应整合码头资源，完善退出机制，优先保障水上交通安全应急码头，鼓励发展集约高效的共用规模化港区，提高岸线使用效率。实施港口岸线生态化运营，推进散货堆场防风抑尘，设置港区生态缓冲屏障，全面推广岸电使用，建设清洁能源供给枢纽。实施港区绿化、亮化、净化、美化工程。建成"生态型"绿色港口，打造长江港口生态绿色发展带。

港口雄开万里流，通江达海逐梦远。春潮涌动，大江奔流。在打造现代港口城市的新时代征程上，泰兴港口人胸怀国际视野，信念坚定，步履稳健，一往无前演奏新时代港口高质量发展的强劲旋律。

（泰兴市港口集团有限公司）

遇见咖啡　遇见咖啡馆

作家阿尔滕贝格曾经写下这样的诗句："你如果心情忧郁，不管是为了什么，去咖啡馆……你所得仅仅四百克朗，却愿意豪放地花五百，去咖啡馆！……你仇视周围，蔑视左右的人们，但又不能缺少他们，去咖啡馆！"如果你觉得阿尔滕贝格这个名字还有点耳生，那你一定听过这样一句话："我不在家，就在咖啡馆；不在咖啡馆，就在去咖啡馆的路上。"这是当时的人们对阿尔滕贝格的形容。阿尔滕贝格与咖啡馆的联系紧密到什么程度呢？除了睡觉，其余时间均在咖啡馆消磨，就连通信地址也是他常去的那家中央咖啡馆。

我喜欢咖啡馆，并不是因为它的优雅和格调，而在于它可以让心沉静，没有多余的声音，也没有多余的事情，在一杯咖啡的诱惑下，漫不经心地看一本书，做着琐碎的思考。咖啡馆于我，就是一个与世隔绝的地方，没有人认识我，所有世间的喧嚣和纷扰都离得远远的，我就是我，我也只有我，感受宁静，也享受孤独。

旅途中，每到一个城市，我都会找一家咖啡馆，点上一杯拿铁，静静地坐一会儿。难忘丽江之行，我在束河古镇一个拐角处，遇见一家咖啡馆，阳光透过屋顶的窗户洒落在桌面上，投下斑驳的光影，那般的生动。我在咖啡馆给远方的亲朋写明信片，时间在笔尖悄悄地流逝，那一刻，我的世界只有一方桌的大小，却十分地充盈。

偶尔写作累了，先生会特意开车带我去周边的城市透透气。其实，就是找一家咖啡馆静静地待一个下午。一人一杯拿铁，有一搭没一搭地说说家常。我们都很喜欢扬州一家叫作"和光同尘"的咖啡馆。这是一家北欧风格的咖啡馆，小小的 loft 格局，精巧而别致。咖啡吧台一侧有两排书架，陈列了不少书籍，都是爱读书的老板娘亲自挑选的。先生说，她家拿铁的拉花没那么惊艳，不过赠送的两块饼干还不错。

那时候，真希望泰兴也能有一家让人惬意的咖啡馆。也时常幻想着，如果每个工作日的早晨，可以喝上一杯 coffee，是不是会更加 nice？

后来，我在泰兴最繁华的鼓楼街，绿荫掩映的小路上，与一个叫"漫天星"的咖啡馆不期而遇。那是个阳光灿烂的下午，我推开透明的玻璃门，正好撞上女店员温柔干净的笑脸，阳光斜斜地洒在她身上，她怀孕了，这让她显得更加地妩媚。店里有一只猫，肥肥的、懒懒的，一点也不怕生。咖啡馆内灯光幽深，偶尔流泻出几曲轻柔的调子。店里没有一个客人，我选了一个柔软舒适的沙发坐下，点了一杯咖啡。咖啡杯很别致，绿色瓷质的杯体，有点复古。这以后，我就经常光顾那家店，用一杯咖啡的浓香唤醒昏昏沉沉的午后，看看书，听听音乐，享受一段静谧的时光之旅。

我几乎不和店员聊天，只有一次，店里的音乐声太大了，我试探性地询问她，可否把音乐声音调小。她有点诧异，点点头说："好的。"等到我回到座位上，她也来到了我的对面，怯怯地说："我也喜欢读书，能给我推荐几本书吗？"那天，我们聊了好久。原来，她是这家店的老板，咖啡店是先生送她的结婚礼物。因为喜欢咖啡，就寻得临街的这间铺子开了这家咖啡馆。店铺的选址、设计、装修，都是她亲力亲为。有人说她不切实际，有钱开咖啡馆还不如开一家餐饮店。好在，先生很宠她，满足她所有的异想天开。一个人打理店铺很辛苦，先生建议她招几个店员，她总是不放心："反正也不是很忙，可以这样与咖啡朝夕相处，即便累点，我也觉得很幸福。"

是的，进咖啡馆的人寥寥无几，我也只是偶尔看到有其他客人，他们大都相对而坐，很大声地攀谈。有时候，我嫌吵，想换一家咖啡馆，可惜，15年前的泰兴城再也找不到第二家。她也嫌吵："又有什么办法呢？"语气里透着无奈。后来，估计是生孩子的缘故吧，"漫天星"关门了，那以后，我再也没有见过她。

慢慢地，也不知道从什么时候开始，泰兴的咖啡馆多了起来，星巴克也开了两家。喝咖啡不再会让人感到惊奇了，人们已将它视为平常，视为喧嚣的城市生活中的一种必要的点缀，它代表了一种优雅与休闲，一种时尚与情调。无论是街头巷尾，还是路边小店，到处氤氲着咖啡的香气，有的咖啡馆散落在小巷深处，也没有显眼的招牌，却充满温暖和治愈的味道。它们大都装修得优雅、温馨，古典音乐缓缓地从耳边传来，仿佛置身于祥和安静之地，一切的杂念都不复存在，一切的功利都化作尘埃。有的书店里也附设咖啡馆，浓郁咖啡香，伴随着书本翻动飘散的香味，两种香气在空气中奇妙结合，散发出迷人的气息。

"咖啡文化，像某种指标。在经济发展的数据之外，社会的生活方式、文化创意、职业理念等各种元素都繁荣到一定程度，才能催生咖啡馆的热潮。"如今，在泰兴，咖啡馆扮演着重要的角色，它们不再是单纯的生活娱乐场所，而是在输出城市精神和文化价值观。多元化的咖啡馆，让泰兴这座城市拥有了更多新鲜和活力，也让城市变得更加光芒万丈、精彩纷呈。

喝一杯咖啡吧，那是年轻的滋味，幸福的感觉。

（孙　姝）

滨江之歌

滨江很小，镶嵌在一个国家的地图上
是一块极小极小的江岸
滨江很小，奔流在一条江流奔腾的潮涌间
是一簇低调却激荡的浪花

当潮水平稳地向着堤岸推进
它推动一艘船，泊向大中国宽阔的船坞
阳光从蓝天泼洒下来
映照着滨江广阔而喧闹的土地
我正从晨曦中寻找滨江，固态的美和流动的线条
那些筑造未来的蓬勃之象，正迎着光芒迸发

当我驻足于这样的土地
嗅闻格外浓郁的芳香与四季
当我笨拙的语言无法说出滨江之美
四季的缤纷笼罩这富庶之地，所有的抒情
对于一排奔涌的潮汐和矗立的滨江人
是那么那么轻

滨江，我不能喊你的乳名，因为太亲切
我不能忽略和忘记你成长的过往，因为太绵长

我爱你交错的河流，爱你清澈的江水

我爱你新时代的足音，爱你不惧未来的前行

我爱你茂盛的沿江林带，爱你江堤上曲径通幽的指引

我爱你通江码头高耸的塔吊，爱你园区机器低沉的轰鸣

我爱你新农村宽敞整洁的楼房，爱你路边广场上幸福的舞蹈

我爱你，充实、奋进和明媚，爱你，勤奋、坚毅和同心

我爱你过去的历史、沉痛的记忆

我爱你沸腾的现在、闪耀的未来

时光如此澄澈，我看见滨江的大地上

散发着黄金般的光芒

这里曾经创造从无到有高速发展的奇迹

这里曾经挥洒破釜沉舟刮骨疗毒的勇气

这里正衍生着长江整治绿色廊道的美景

这里有滨江人的决心、韧性和担当

这里有滨江人的力量、智慧和理想

这里百舸争流，万物浩荡

这里铅华隐退，光辉峥嵘

当以青春做证，滨江很大

在蓝色澄明的天空下

装载着几代人追逐幸福生活的梦想

当以未来做证，滨江很大

在新时代滚滚向前的洪流中

承载着一块土地精神物质双赢的高光

（袁　军）